UN
CABALLO LLAMADO
LIBERTAD

ESCRITO POR
PAM MUÑOZ RYAN

DIBUJOS DE
BRIAN SELZNICK

SCHOLASTIC INC.

New York Toronto London Auckland Sydney
Mexico City New Delhi Hong Kong Buenos Aires

RAMOS DE FLORES PARA

Kendra Marcus que, desde el momento que le mencioné
a Charlotte, me dijo: "Escríbelo".

LAURELES PARA

Tracy Marck, de Scholastic, que sabía que se podía contar
una historia aún más grande y me ayudó a encontrarla.

GUIRNALDAS PARA

The Santa Cruz Historical Society por su investigación
documentada y su orientación.

Originally published in English as *Riding Freedom*.

Translated by Nuria Molinero.

No part of this publication may be reproduced in whole or in part, or stored in a retrieval system,
or transmitted in any form or by any means, electronic, mechanical, photocopying, recording, or ot-
herwise, without written permission of the publisher. For information regarding permission, write
to Scholastic Inc., Attention: Permissions Department, 555 Broadway, New York, NY 10012.

ISBN 0-439-23761-0

Text copyright © 1998 Pam Muñoz Ryan.
Drawings copyright © 1998 by Brian Selznick.
Translation copyright © 2001 by Scholastic Inc.
All rights reserved. Published by Scholastic Inc.
SCHOLASTIC, MARIPOSA and all associated logos are trademarks and/or
registered trademarks of Scholastic Inc.

LIBRARY OF CONGRESS CATALOGING-IN-PUBLICATION DATA AVAILABLE

12 11 10 9 8 7 6   3 4 5 6/0
Printed in the U.S.A.   40

First Scholastic Spanish printing, September 2001

A MUJERES CON PRINCIPIOS

Sally Dean, Virginia Dowling, Mary Freeman,
Shelley Gill, C. Pamela Green
y Kathleen Johnson.

El comienzo

A MEDIADOS DEL SIGLO XIX, cuando el Este era todavía joven y el Oeste aún no había sido colonizado, nació una niña a la que llamaron Charlotte. Era apenas un pequeño bulto cuando sorprendió a sus padres y dejó perplejo al médico al sobrevivir varias fiebres. La gente decía que cualquier otro bebé habría muerto, pero Charlotte era muy fuerte. Comenzó a caminar a la edad en que otros bebés empiezan a gatear. Comenzó a hablar cuando la mayoría de los niños empiezan a balbucear y nunca lloraba, excepto cuando le arrebataban algo.

Unos meses después de cumplir dos años, Charlotte iba con sus padres hacia la pequeña granja que tenían en la campiña de New Hampshire. Era una noche de tormenta. La carreta que arrastraban los caballos estaba bastante desvencijada y se tambaleaba con cada ráfaga de viento. Los caballos, inquietos a causa de los truenos, se encabritaban y forcejeaban en sus arneses. Charlotte iba erguida en el regazo de su madre, observaba los árboles que se curvaban bajo el viento y escuchaba los fuertes relinchos de los caballos. Su padre trató de calmar a los animales y su madre la abrazó y le cantó una canción para tranquilizarla, pero Charlotte no tenía miedo.

Un relámpago iluminó el paisaje y los caballos se desbocaron galopando sin control por el camino.

—¡Agárrate! —gritó el padre.

—¡Para! —gritó la madre—. ¡Manténlos derechos! ¡Manténlos derechos!

La madre abrazó a Charlotte con fuerza y trató de sujetarse mientras los caballos frenéticos arrastraban la carreta por el camino lleno de hoyos.

El padre gritaba "¡Quietos, quietos!" pero los caballos ya habían emprendido el descenso por una empinada colina llena de árboles y rocas. Las ramas de los árboles azotaron a los caballos, asustándolos aún más. La carreta se volcó y chocó contra los troncos de los árboles antes de dar una vuelta de campana sobre una cornisa rocosa. Charlotte salió disparada de la carreta y aterrizó sobre un lecho de hierbas altas. Su madre y su padre murieron en el acto.

Charlotte no estaba herida. Llamó con la mano a los caballos que resoplaban, libres de la carreta. Los animales la rodearon como si quisieran protegerla. A veces relinchaban como si estuvieran pidiendo ayuda. La lluvia empapaba el campo y Charlotte tiritó durante toda la noche, pero los caballos se quedaron con ella, la protegieron de la lluvia y la arroparon con su cálido aliento.

A la mañana siguiente, cuando los vecinos la encontraron, los caballos todavía la protegían. La niña agarraba con tanta fuerza una de las riendas que no se atrevieron a quitársela de la mano.

El anciano médico que conocía a Charlotte desde que nació no se sorprendió al ver que había sobrevivido al accidente. En lugar de sacar la rienda de la mano de Charlotte, cortó el cuero bastante por encima de donde la tenía agarrada.

—No está mal que tenga algo a qué agarrarse —dijo—. Es todo lo que tiene; porque ya no le queda más familia.

El médico miró a las personas que la habían encontrado.

—Ya tenemos bastantes bocas que alimentar —dijo uno de los vecinos que estaba ahí, y se marchó con su esposa.

—No soporto pensar que crecerás en un orfanato —dijo el médico, mientras llevaba a Charlotte—, pero si hay alguien que puede salir adelante sola en este mundo, esa eres tú. Desde el día en que naciste has sido obstinada como una mula y eres un hueso duro de roer.

1

DESPUÉS DE VIVIR DIEZ AÑOS EN EL orfanato, Charlotte no era como la mayoría de las niñas de su edad. Quién sabe si era así porque creció con una pandilla de rufianes, a los que seguía como un cachorrillo, o porque tenía un espíritu indomable. El hecho es que nunca tuvo una muñeca ni jugó a tomar té. No sabía coser ni una puntada y no distinguía una enagua de una falda. Cabellos rebeldes sobresalían de sus trenzas color café y los lazos le colgaban sueltos hasta la cintura. Su ropa era demasiado grande para su pequeño cuerpo y le quedaba como un saco. Siempre estaba llena de manchones de tierra y, en lugar de llevar alguna pulserita femenina, todo el tiempo llevaba un trozo de rienda de cuero en la muñeca.

La mayor desgracia de Charlotte fue que la dejaran a cargo de la Sra. Boyle, la cocinera. Con la figura y la personalidad de un enorme sapo y sin una pizca maternal en todo su ser, la Sra. Boyle realmente no podía enseñar a Charlotte a comportarse como una señorita. Nunca se preocupó por Charlotte, excepto para darle órdenes en la cocina. Y aunque Charlotte era capaz de hervir copos de avena y hacer potajes para un ejército, pelar montañas de papas y fregar ollas y sartenes, la Sra. Boyle siempre gritaba por las cosas más insignificantes. Gritaba porque Charlotte hacía mucho ruido o porque estaba muy callada o porque miraba por la ventana a un caballo en la dehesa que debía ser montado. Para Charlotte la cocina era como una espina clavada en el corazón y era peor que un lecho de ortigas.

Todos los días Charlotte hacía sus tareas de la cocina lo más rápido que podía. Luego colgaba el delantal y corría al único lugar donde era feliz: los establos. Pero aquel día era especial y cuando salió corriendo, sólo tenía una cosa en su mente: ganar la carrera de la dehesa. En cuanto llegó, los caballos se acercaron a las puertas y asomaron la cabeza para que los acariciara. El dulce olor del heno húmedo y de los caballos la reconfortó como una vieja colcha en un día frío. El anciano capataz de la caballeriza rastrillaba el establo.

—Hola, Vern, ¿está lista Libertad para la carrera?

—Señorita Charlotte, esa yegua siempre está lista pa' correr, y si le toma simpatía, yo creo que podría llevarla hasta la luna y volver.

Vern era alto y delgado, con la piel curtida de color café. Se ocupaba de los establos silenciosa y bondadosamente. No solía hablar mucho con nadie, pero le encantaba contarle a Charlotte historias, en su mayoría ciertas, que la dejaban hechizada y con la boca abierta.

El propio Vern les había puesto nombre a todos los caballos. Siempre decía que poner un nombre era muy importante y que cada nombre debía tener un significado. También decía que un caballo debía tener un buen nombre, a la altura de un animal tan excepcional. Así que los caballos tenían nombres como Justicia, Esperanza, Caridad, y detrás de cada uno de ellos había una historia. Esperanza, porque Vern había deseado una vida mejor cuando era un joven esclavo en una plantación de Virginia. Caridad, por la amabilidad de la gente que lo había ayudado con sus problemas. Pero Charlotte siempre le suplicaba que le contara la historia de Libertad.

Libertad era la yegua favorita de Charlotte. La había visto nacer hacía unos años y desde entonces se había encargado de cuidarla. Fue precisamente con Libertad con quien Vern le enseñó a montar a caballo. Muchas veces Charlotte le insistía a Vern que le volviera a contar la historia del nombre de Libertad. La historia de cuando Vern decidió huir y tuvo que esconderse en un sótano, sin nada más que una vieja camisa para abrigarse. Y de cuando tuvo que recorrer todo el camino hasta el Norte para poder ser libre. Y en honor a lo que había alcanzado, Vern decidió llamar a ese caballo "Libertad".

—¿Le va a ganar a William en la carrera de hoy? —preguntó Vern.

—Lo intentaré. Merece que le bajen los humos.

William tenía trece años y le gustaba intimidar a los niños más chicos. Arrojaba piedras a los gatos y sus crías, pegaba con la fusta a los caballos y no podía soportar que Charlotte se subiera a los árboles y montara a caballo mejor que él.

—A mí me parece que sí ganará —dijo Vern—. Libertad le tiene confianza. William montará a Justicia y tan pronto lo monte, Justicia lo arrojará al suelo. Ese chico no tiene ni una pizca de respeto a los caballos. Usted ya sabe lo que digo yo siempre.

Charlotte lo sabía de memoria.

—Un caballo cabalga según lo guíe su jinete —dijo.

Vern asintió y Charlotte sacó a Libertad del establo.

La cerca de la dehesa ya estaba llena de niños sentados en el madero más alto que esperaban a que comenzara la carrera. El Sr. Millshark, el encargado del orfanato, se paseaba de un lado a otro en la línea de salida mientras esperaba a los jinetes. Era el hombre más bajito, gordo y malvado que Charlotte jamás había conocido. Tenía la cara llena de hoyuelos y el cabello y la barba casi del mismo color blanco que su piel. A Charlotte le recordaba a una papa nueva rechoncha.

El Sr. Millshark estaba en la gloria durante las carreras de la dehesa. En lugar de su mal humor habitual, se paseaba exhibiendo una sonrisa, dando a la gente palmaditas en la espalda y estrechando la mano a todo el mundo. Era su oportunidad de presumir y hacer pensar a la gente que el orfanato era un lugar decente lleno de niños felices. Pero Charlotte y los demás sabían la verdad. El orfanato no era más que una granja de trabajo y no importaba lo pequeño que fuera un niño, todos trabajaban duro. El Sr. Millshark se encargaba de que así fuera.

Charlotte se dirigió a la dehesa con Libertad sujeta con un ronzal. La yegua la empujaba suavemente, como si quisiera que se apresurara.

Los niños del pueblo se echaron a reír cuando vieron a Charlotte. Ella no les hizo caso y se dirigió hacia la línea de salida hasta que William y un grupo de niños se interpusieron en su camino.

—Las niñas no pueden participar —dijo William.

Charlotte crispó los puños y plantó los pies en el suelo. Frunció los labios y atravesó a William con la mirada de sus penetrantes ojos azules.

—Sal de mi camino, William —dijo.

Algunos niños se echaron atrás. Habían visto antes esa mirada.

Disgustado, William contestó:

—Como quieras, pero te arrepentirás.

Los jinetes se subieron a los caballos y se prepararon.

El Sr. Millshark levantó la bandera.

—¡Adelante! —gritó.

Los jinetes arrearon a sus caballos y les hincaron las rodillas para empezar a galopar.

Charlotte dejó que Libertad comenzara despacio. Quería reservar la energía para el final y así poder salir disparada cuando estuviera cerca de la meta. William la seguía de cerca. Pronto los dos cabalgaban parejos, pero en la segunda vuelta Charlotte dejó que William se adelantara. Charlotte conocía bien a sus caballos. Justicia era un caballo dócil, de naturaleza gentil, y no le gustaba que lo montaran con dureza. William lo iba hostigando y el pobre caballo se cansaría pronto. Cuando se acercaban a la última vuelta, Charlotte le dio rienda suelta a Libertad. En una galopada deslumbrante, con sus largas trenzas flotando al viento como dos gruesas cuerdas, se adelantó a William y atravesó la línea de llegada con dos cuerpos de ventaja.

La gente del pueblo aplaudió y Charlotte escuchó a los niños del orfanato ovacionarla con alegría. Sabía por qué. La mayoría había apostado dinero por ella.

Charlotte frenó a Libertad y recorrió la dehesa al paso. La yegua resoplaba y respiraba con fuerza. Echaba por la boca más espuma de lo habitual y estaba sofocada, demasiado sofocada.

"Vern debe examinarla", pensó Charlotte.

Mientras se acercaba a la valla, un hombre y una mujer la saludaron con la mano.

—¡Hola! —dijo el hombre.

—Hola —dijo Charlotte.

—Eres muy buena amazona —dijo la mujer.

—Gracias, señora —dijo Charlotte.

—¿Te gustan los caballos?

—Sí, señor, quizás más que las personas.

El hombre y la mujer se echaron a reír.

Preocupada por Libertad, Charlotte dijo:

—Tengo que marcharme —y se encaminó al establo.

Charlotte le dio a Libertad unas palmaditas en el cuello.

—¿Estás bien, linda?

William alcanzó a Charlotte.

—¿Vienes a felicitarme, William?

—Espero que te haya gustado ganar porque es la última carrera en la que participarás.

—¿Ah sí? ¿Y cómo vas a impedírmelo?

—Yo tengo mis recursos y, como te dije, te arrepentirás.

—Mira, ahora no puedo perder el tiempo contigo, tengo una yegua enferma que necesita cuidado —y Charlotte cabalgó más rápido.

Pero lo que le había dicho la había irritado y cuando miró hacia atrás no le gustó lo que vio. William estaba hablando con el Sr. Millshark y este le daba palmaditas en la espalda mientras escuchaba con cara de preocupación.

Vern estaba preocupado por Libertad.

—Lleva unos días un poco rara y no come bien, pero no parece nada grave. Está muy caliente. Vamos a llevarla a descansar —dijo.

Mientras la frotaban para limpiarla, Libertad trató de mordisquearse la panza.

—Quizás es sólo un pequeño cólico —tranquilizó Vern a Charlotte.

Pero cuando llegaron a su cuadra, Libertad cayó sobre sus rodillas y se acostó.

—Voy a traer agua pa' la fiebre —dijo Vern.

Él no lo quería decir, pero Charlotte sabía que era grave. Se arrodilló junto a la yegua y le acarició la cabeza. Libertad permanecía quieta; el único movimiento era su respiración agitada. Charlotte tragó saliva con fuerza para retener las lágrimas.

—¡Charlotte, Charlotte!, ¿dónde estás?

—¡Aquí, Hay!

Hayward era dos años menor que ella y desde que había llegado al orfanato se había aferrado a Charlotte. Era muy persistente y cariñoso, y hablaba tanto que Charlotte a veces pensaba que se iba a ahogar en sus propias palabras. Con el cabello de color nabo y las orejas grandes como platillos, era lo más entrañable que ella había conocido. Aunque Charlotte a veces simulaba enojarse cuando él se ponía pesado, a ella en realidad no le importaba. Además, él la necesitaba.

Una tarde, hacía tres años, poco después de que Hayward llegara al orfanato, Charlotte se había asomado detrás del establo y había visto a William y a otros dos muchachos burlándose de él.

—¿De dónde sacaste esas orejotas? ¿Tu mamá

era una elefanta? —gritaba William—. ¿Puedes oír con esas cosas o son sólo de adorno? ¿Qué piensa tu novia, Charlotte, de esas orejas?

Cuando Charlotte apareció, Hayward estaba lleno de sangre y moretones, pero todavía se defendía y la expresión de su mirada decía que nunca se daría por vencido. Los tres muchachos acabaron en peor estado que Hayward. Hayward y Charlotte se quedaron solos.

Desde entonces eran amigos.

Hayward trepó la cerca para entrar en el establo.

—Libertad está muy enferma —dijo Charlotte.

—Lo siento, Charlotte —asintió Hayward, y por primera vez se quedó callado.

Se acostaron boca arriba sobre el heno, con los brazos debajo de la cabeza y contemplaron la luz que llegaba fragmentada por las vigas de madera del techo.

—Algún día, Hay, nos iremos de este lugar. Tú, yo y Libertad. Tendré un buen rancho y un hogar. Todas las primaveras nacerán potrillos y tú trabajarás para mí y los domarás para que sean buenos caballos.

—Sí —dijo Hayward—, y contrataremos una

cocinera, una buena de verdad. Y pondremos un cartel en la entrada que diga PROPIEDAD PRIVADA para que las personas malas como William nunca puedan poner los pies allí. Dime otra vez cómo vamos a conseguir el rancho, Charlotte.

—Bueno, nos quedaremos aquí hasta que cumplamos dieciséis años. Primero me marcharé yo, buscaré trabajo y ahorraré algo de dinero. Luego volveré a buscarte y marcharemos a buscar un rancho.

—El rancho tiene que estar muy lejos de aquí.

—No te preocupes, Hay, no será por aquí cerca.

Charlotte se quedó callada. Contempló las vigas del techo y escuchó a los caballos de las otras cuadras resoplar y arrastrar los cascos. Se recostó de lado y acarició el cuello de Libertad.

—Charlotte, ¿te acuerdas de tus padres?

A Hayward le gustaba hablar de sus padres. Habían muerto cuando él tenía siete años, así que se acordaba bien de ellos.

A veces Charlotte cerraba los ojos y trataba de recordar algo, lo que fuera. Casi podía ver un rostro, pero como nunca había visto un retrato de sus padres, solamente podía imaginar cómo eran. Lo único que realmente recordaba era que alguien la

abrazaba con fuerza en su regazo e imágenes de caballos.

—No, Hay, no me acuerdo. Háblame otra vez de los tuyos.

Pero antes de que pudiera responder oyeron sonar la vieja campana del porche. Hubo una pausa y sonó de nuevo dos veces. Otra pausa y sonó tres veces.

Charlotte y Hayward se incorporaron y se miraron.

Esa era la señal para que todos los niños se pusieran en fila frente a los escalones de la entrada. Significaba que una de las familias que visitaba ese día el orfanato quería ver más de cerca a los niños.

Significaba que un niño sería adoptado.

2

CHARLOTTE MIRABA DESDE EL ESTABLO
cómo el Sr. Millshark se paseaba con aspecto ra-
diante frente a la fila de niños. Los padres intere-
sados lo seguían. De vez en cuando se detenían
para decir algunas palabras a uno de los niños, ge-
neralmente a los más pequeños.

Hacía tiempo que Charlotte no se colocaba en
la fila. De todas formas, nunca la tenían en cuenta
para adoptarla. La gente quería varones para que
los ayudaran en las granjas, un hijo que heredara el
apellido o uno muy lindo y pequeño.

Una vez, cuando Charlotte era pequeñita, una
pareja entró en la cocina con el Sr. Millshark. La

señora vio a Charlotte subida a un taburete, lavando los platos. ·

—¡Oh, yo quería una niña, pero me habían dicho que aquí solamente había varones! —exclamó la mujer. Sonrió a Charlotte con una mirada tierna que decía "ven conmigo a casa".

Con la mayor educación de que era capaz, Charlotte respondió:

—Sí, señora. To's varones menos yo —y sonrió a la mujer.

La mujer se acercó y le tomó la mano enjabonada. Durante un instante, Charlotte sintió que había esperanza, pero rápidamente llegó la Sra. Boyle y tomó a Charlotte entre sus brazos.

—Es mi sobrina que me está ayudando en la cocina. No la damos en adopción. Vamos, Charlotte.

Antes de que Charlotte pudiera decir una palabra, la Sra. Boyle la sacó por la puerta de atrás y la llevó al huerto a recoger frijoles.

Desde ese día, cuando venía alguien, la Sra. Boyle la escondía en el barril de papas, por miedo a perder a su ayudante de cocina. Charlotte recordaba el barril oscuro y repleto de papas donde tenía que esconderse. Escuchaba al Sr. Millshark decir:

—Y esta es la cocina donde la Sra. Boyle prepara la comida.

Recordaba que miraba por las rendijas de las tablas de madera a la gente que llegaba. A veces Charlotte quería empujar la tapa, saltar y gritar: "¡Aquí estoy! ¡Quiero un hogar! ¡Llévenme a mí!" Pero a menudo la Sra. Boyle se sentaba sobre el barril para que Charlotte no pudiera moverse y Charlotte sabía demasiado bien que no debía hacer ni un solo ruido hasta que la gente se hubiera marchado.

Charlotte volvió con los caballos. ¿Para qué iba a colocarse en la fila con los niños? Aunque la Sra. Boyle ya no podía esconderla en el barril de las papas, nadie quería una niña tan grande.

Libertad parecía estar peor. Vern estuvo casi una hora con ella tratando de averiguar qué le pasaba. No dejaba de mover la cabeza y Charlotte tenía un mal presentimiento.

Más tarde, mientras Charlotte servía la sopa durante la cena, Hayward le susurró:

—Oímos que adoptaron a alguien. A lo mejor es a William.

—No creo —dijo Charlotte—. No tendremos esa suerte.

—¿Quién crees que será, Charlotte? —preguntó Hay.

Pero Charlotte no respondió. En cualquier otro momento habría sentido la misma curiosidad que los demás por saber quién era, pero ahora solamente podía pensar en Libertad.

En cuanto terminó de lavar los platos regresó al establo. Quería hacer algo, lo que fuera, para que Libertad se sintiera mejor. Se sentó junto a la potranca hasta bien pasada la medianoche, cuando Vern la envió a la cama.

—No sabremos na' hasta mañana —dijo.

A regañadientes, Charlotte volvió a su dormitorio. Durmió inquieta, esperando que amaneciera, pero sabía que no podía ir a ver a la yegua hasta después del desayuno. ¿Sobrevivirá? Dulce Libertad. Tenía que sobrevivir.

Charlotte trató de apurarse con los platos de la mañana del domingo, pero la Sra. Boyle no se lo permitió.

—Charlotte, no les des a los platos una pasadi-

ta no más. ¡Friega esas ollas hasta que estén limpias! —gritó.

Charlotte pensó que nunca acabaría. Cuando finalmente salió disparada por la puerta de la cocina, Hayward la esperaba en los escalones de atrás.

—Vamos a ver cómo está Libertad —dijo Charlotte, casi corriendo.

—¡Charlotte, espera! Ya sé a quién adoptaron —dijo Hayward mientras corría para darle alcance.

—¿Sí? ¿A uno de los pequeños?

—No —dijo Hayward. Se detuvo y esperó a que Charlotte se diera la vuelta y lo mirara.

—Bueno, si no es William, en realidad no me importa —dijo Charlotte—. En este momento solamente me importa Libertad. ¿Vienes o no?

Hayward vaciló.

—Sí, ya voy —dijo.

Corrieron al establo. La cuadra de Libertad estaba vacía.

—Vern la debe haber llevado al corral pequeño para que le dé el aire —dijo Charlotte.

Dieron la vuelta y se dirigieron a la dehesa, pero cuando Charlotte vio a Vern que caminaba hacia ellos, su expresión se lo dijo todo.

—La infección acabó con ella, señorita Charlotte.

—¡No! —Charlotte apretó los puños.

—Yo y unos muchachos la enterramos detrás de la dehesa sur. Estuve allí toda la mañana. Murió tranquila mientras dormía. No se pudo hacer na'.

Charlotte asintió. Cerró los ojos con fuerza.

—Era una yegua bien linda —dijo Vern.

—Sí —dijo Charlotte, pero no lloró. Ella nunca lloraba.

—No debe de darle vergüenza llorar, señorita Charlotte.

Pero Charlotte hizo como si no lo hubiera oído. Se dirigió al establo y llamó al semental. Este se acercó y metió el hocico en la mano de Charlotte.

—Usted sí que tiene mano con los caballos —dijo Vern.

Charlotte asintió mientras acariciaba la cabeza del caballo.

—Ande, vaya a rastrillar las cuadras, si tiene ganas. Uste' es el mejor mozo de caballerizas que tengo —dijo Vern—. No sé qué haría yo si usted no se ocupara de todos estos animales. Señorita Charlotte, usted es mi mano derecha en este establo.

Charlotte hizo un esfuerzo por sonreír.

Un sentimiento le atenazaba la garganta y le

costaba trabajo tragar saliva. Pensó que estaba a punto de sucederle algo. Intentó disipar ese sentimiento y, como no pudo, agarró un rastrillo y empezó a trabajar.

Trató de concentrarse en lo que estaba haciendo, pero no podía dejar de pensar en Libertad, acostada sobre la paja, respirando con dificultad, con los ojos cerrados.

—¿Charlotte? —dijo Hayward.

Se había olvidado de que Hayward quería decirle algo.

Pero antes de que pudiera preguntar, la voz áspera del Sr. Millshark la sobresaltó.

—¡Charlotte! —gritó. Charlotte no recordaba haber visto jamás al Sr. Millshark en el establo. Vern se paró de inmediato y Hayward, a quien le asustaba hasta la sombra del Sr. Millshark, salió corriendo a esconderse al cuarto de arreos.

—Vern, necesito hablar un momento con Charlotte y ya me marcho —dijo el Sr. Millshark y luego se dirigió a Charlotte.

—Algunas personas me han dicho que no les parece correcto que una señorita participe en carreras con los varones. Tenemos fama de criar jóvenes fuertes y robustos. ¿No querrás que la gente empiece a llamar afeminados a nuestros muchachos, verdad? Estás a punto de convertirte en una señorita y debes empezar a comportarte como tal. De ahora en adelante, todas tus ocupaciones estarán en la cocina con la Sra. Boyle. Te prohibo que te acerques al establo.

Vern levantó la cabeza. Nunca cuestionaba las órdenes del Sr. Millshark, pero esta vez dijo:

—Ella me ayuda en el establo. Hace el trabajo de tres muchachos juntos y conoce a los caballos tanto como yo.

—¿Ah, sí? —dijo el Sr. Millshark—. Tengo entendido que participó en la carrera de ayer con una yegua enferma y que ese animal ha muerto esta mañana. Un muchacho no hubiera hecho algo tan estúpido. Ella se queda en la cocina, que es donde debe estar.

El Sr. Millshark se dio la vuelta y salió.

Charlotte miró a Vern.

—Él no tiene corazón, señorita Charlotte. Y uste' sabe que no tuvo nada que ver con la muerte de Libertad. Lo siento mucho, de verdad. Quizás él cambie de idea.

Charlotte no podía hablar.

Salió corriendo del establo. Corrió con toda su alma, sin detenerse, hacia la hilera de árboles que había detrás de la dehesa. Odiaba ese lugar. El Sr. Millshark nunca, nunca, cambiaría de opinión.

Hayward la llamó:

—¡Charlotte, espera!

Charlotte chocó contra un árbol y se agachó para recuperar el aliento. Hayward la alcanzó.

—Charlotte, ¿estás bien?

—No sé, Hay. ¡Ese asqueroso viejo de Millshark! No hay nada peor que no estar con los caballos. No veo la hora de marcharme de este lugar. El que fue adoptado tiene suerte porque no tendrá que verle más la cara al Sr. Millshark.

—Charlotte, yo trataba de decirte…

Hayward miró al suelo y dibujó un círculo en la tierra con su bota. No dijo nada más. Sólo se quedó mirando la tierra.

—¿Pero qué te pasa, Hayward?

—No adoptaron a William. Bueno, verás… eh… me adoptaron a mí. Es una familia de Nashua. Se apellidan Clark. Su hijo murió, así que vinieron aquí a buscar a alguien que tomara su lugar y ese soy yo. Los conocí esta mañana y la señora me daba palmaditas en la cabeza y el hombre me llamaba hijo. Supongo que no les importaron mis orejas.

Charlotte miró a Hayward como si se hubiera vuelto loco. Claro que no podía ser cierto. Cómo podía ser, Hayward tenía diez años. No podía irse ahora. Tenían planes. Respiró profundamente y sintió que el estómago le daba un vuelco.

Logró hablar, pero su voz sonó rara y temblorosa.

—Qué bien, Hay.

—Les pregunté si también querían una niña, pero creo que no.

Charlotte miró la dehesa y asintió como si Hay le estuviera contando alguna anécdota cotidiana.

—Este… bueno, ¿cuándo te marchas? —preguntó.

—Mañana por la mañana.

Charlotte asintió de nuevo. Al día siguiente era lunes. Los lunes siempre ayudaban a Vern a enjabonar las bridas.

—Claro que siempre podrían cambiar de opinión. ¿Crees que podrían cambiar de opinión, Charlotte?

Charlotte miró la cara preocupada de Hay. Ser

adoptado era la ilusión de todos los niños. Incluso Charlotte soñaba con ello. El sueño de un hogar. El sueño de una familia. Por lo menos Hayward estaría en un lugar mejor que el orfanato. Ella negó con la cabeza y lo tranquilizó.

—No —extendió la mano y jugueteó con su cabello—. Tú eres lo que ellos quieren, chico.

Charlotte se sentó bajo el arce. Sentía que le faltaba el aliento. Le temblaban las manos. Se sentó sobre ellas para mantenerlas quietas. Hayward se sentó a su lado.

—Te escribiré, Charlotte, y así serás la única persona de este lugar que recibirá cartas.

Miró a Hayward. Sus orejas sobresalían bastante de la gorra. Charlotte cerró los ojos. Se dio cuenta de que tenía un deseo desde hacía tiempo. Abrigaba la esperanza de que las orejas de Hayward lo mantuvieran en el orfanato para siempre.

—¿Charlotte?

Charlotte abrió los ojos y dijo con calma:

—Yo también me marcho.

Hayward la miró como si se hubiera vuelto loca.

—No puedes, aún no tienes la edad. El último chico que huyó fue atrapado y tuvo que quedarse dos años más después de cumplir los dieciséis.

Charlotte sintió que en su interior crecía una furia obstinada.

—Hayward, no trates de convencerme. Tú te marchas mañana. No puedo trabajar con los caballos. Sabes que el Sr. Millshark pensará alguna manera de mantenerme aquí para siempre. ¡No voy a pasarme la vida trabajando en esa cocina! Tú y yo tenemos planes.

Hayward se paró de un salto.

—¡Te atraparán, Charlotte, siempre encuentran a los que se escapan, y Millshark es malo, te castigará!

—No podrá si no me atrapa —dijo Charlotte—. ¡Sólo sé que no me quedaré para aguantar a William, a Millshark y a la vieja Boyle! ¡No sin ti, sin Libertad y sin los caballos para que me hagan compañía! Ahora tengo que pensar cómo escapar.

Charlotte sabía que una muchacha no podía viajar sin compañía. Se paró y comenzó a andar en círculos con las manos en las caderas, mirando el suelo. Dio patadas a una piedra hasta que voló por el aire y aterrizó en el pasto. Necesitaba dinero para marcharse. Y cuando se fuera, ¿adónde iría? Necesitaría un trabajo. ¿Quién la contrataría?

—No lo hagas, Charlotte.

Charlotte lo miró. Miró su pelo apretado bajo la gorra, su ropa de trabajo arrugada. Ya lo extrañaba y él aún no se había marchado. No era justo. Nada era justo, ni siquiera que ella no pudiera viajar sola. Un muchacho como Hayward podía viajar sin que nadie le hiciera preguntas.

Mientras pensaba, una idea empezó a germinar en su mente. Y un plan empezó a tomar forma.

—Tengo que hacerlo, Hay —dijo—. Pero voy a necesitar tu ayuda.

3

—CHARLOTTE, ESTÁS REQUETENERVIOSA —dijo Hayward.

Charlotte miró a su alrededor para ver si alguien los miraba. Tomó el bulto que Hayward sostenía y lo metió en la caja de leña que había detrás de la cocina.

—Ahí tienes todo, Charlotte. Todo lo que me pediste. La ropa de trabajo, la gorra, las botas… todo. Por favor, Charlotte, ten cuidado.

—Gracias, Hay. No sé qué habría hecho sin ti.

Hayward estaba listo para marcharse. Su nueva familia lo esperaba en la entrada. Charlotte trató de mirarlo, pero no pudo. Miró al piso.

—¿Cómo sabré dónde encontrarte, Charlotte?

—Yo sé dónde estarás tú —respondió—. Yo te encontraré, te lo prometo. Pero tengo algo para que no te olvides de mí.

Charlotte sacó una estrecha tira de cuero del bolsillo de su delantal.

—Pero esa es tu pulsera —dijo Hayward.

—No, la corté en dos ¿Ves?

Charlotte levantó la muñeca. El trozo de cuero que llevaba desde que era un bebé era la mitad de ancho. Ató la otra mitad alrededor de la muñeca de Hayward. Él estaba callado con los ojos humedecidos. La rodeó con sus brazos y hundió la cabeza en su delantal.

Charlotte lo abrazó y le revolvió el pelo. Se sintió enferma, como si hubiera comido algo echado a perder.

—Márchate ahora. Te estarán buscando —dijo.

Hayward se irguió. Surcos de barro le corrían por la cara.

—Adiós, Charlotte —dijo mientras caminaba hacia atrás, sin dejar de mirarla.

—Adiós, Hay. Yo te encontraré. Tendremos un rancho, ¿recuerdas? Con un gran letrero que diga PROPIEDAD PRIVADA, ¿recuerdas? Y todas las primaveras nacerán potrillos…

No pudo terminar. Se atragantó con las lágrimas que se deslizaban por sus mejillas. Intentó contenerse, pero no pudo. Las lágrimas le corrieron como un río por la cara hasta que perdió de vista a Hayward.

Charlotte se sentó detrás de la caja de leña durante casi una hora. Estaba dolorida y se sentía vacía. En silencio, con las lágrimas agotadas, miraba la dehesa y se preguntaba dónde estaría al día siguiente. Sería más fácil quedarse y hacer lo de siempre. Al menos sabría dónde dormiría todas las noches y comería todos los días. Pero no podría tener las cosas que amaba. ¿Qué decía siempre Vern? Que el camino fácil no siempre te lleva a algún sitio.

La voz de la Sra. Boyle la sobresaltó.

—Charlotte, ¿tengo que salir y recoger yo misma la leña? ¡No sirves para nada y eres más lenta que un caracol!

Charlotte se paró de un salto, recogió la leña y la llevó a la cocina. No quería que la Sra. Boyle se enfadara y empezara a curiosear por la caja de la leña. No precisamente hoy.

Cuando Charlotte volvió a la cocina y vio las

montañas de papas que le esperaban, se dio cuenta de que, aunque estaba muy nerviosa con la idea de marcharse, le daba más miedo quedarse. Algo más grande que pelar papas le aguijoneaba en su interior. Pero necesitaba ayuda para que su plan funcionara y solamente quedaba una persona a la que ella consideraba su amigo.

Por la noche, Vern siempre comía en la cocina. Cuando bajó por los escalones, Charlotte lo estaba esperando.

—¡Vaya, señorita Charlotte, ya la estoy extrañando y esos caballos también la extrañan!

Charlotte se puso el dedo sobre los labios y con gestos le indicó que se alejaran de los escalones. Cuando estaban seguros de que la Sra. Boyle no podía escucharlos, Charlotte lo miró y se armó de valor.

—Vern, ¿dónde se puede tomar una diligencia por aquí cerca?

—¿Una diligencia? Bueno, la que va hacia el sur recoge gente en Concord los martes y sábados por la mañana, así que mañana pasa una. ¿Se acuerda de Concord? Vino conmigo a buscar pienso. Eso es to' lo que sé. ¿Por qué? ¿Qué está pensando?

—¿Cuánto cuesta? —preguntó Charlotte.

Vern la miró con atención.

—Bueno, por varios dólares le llevan a uno hasta la parada siguiente, pero no queda muy lejos. ¿Tiene dinero pa' el pasaje en diligencia, señorita Charlotte?

—Vern, ya sabes que no tengo dinero. Pero yo... yo tengo que marcharme. No tengo ningún motivo para quedarme. La única razón por la que me tienen aquí es para que algún día ocupe el puesto de la Sra. Boyle en la cocina.

Vern frunció la frente preocupado.

—Huir es peligroso —dijo Vern.

—Tú huiste una vez —dijo Charlotte.

Vern empujó su sombrero hacia atrás y la miró.

—Sí, es verdad. Nunca conocí a mi mamá ni a mi papá, igual que uste'. Huí del Sur al Norte pa' dejar de ser esclavo. No tenía a nadie, pero cuando me escapé hubo gente que me ayudó y me escondió. Uste' es una niña. Es distinto —dijo Vern.

—No es tan distinto —dijo Charlotte.

Vern la miró; luego miró hacia la cocina.

—Bueno, quizá tenga razón. Si alguien se marchitaría y moriría en la cocina es uste', señorita.

Ella levantó los hombros y lo miró a los ojos.

—Me voy, Vern.

Vern sacudió la cabeza y bajó la voz hasta convertirla en un susurro.

—¿Conoce alguien sus intenciones, señorita Charlotte? —preguntó.

—No.

—Señor Todopoderoso, que siga siendo así. —Vern miró a su alrededor para ver si alguien los podía oír—. Ahora, tie' que parecer que han podido pasarle varias cosas pa' que nadie sepa a dónde fue. Y… tiene que cambiar de aspecto.

—Ya he pensado en todo eso.

—Ya me lo imagino —dijo Vern.

—Necesito… necesito unas tijeras esta noche —dijo Charlotte—, y algo de dinero para la diligencia. Te lo devolveré, no ahora mismo, pero algún día…

—No sé qué piensa hacer, señorita Charlotte, y es mejor porque el Sr. Millshark me preguntará primero a mí. Procuraré conseguirle esas cosas. Tenga mucho cuida'o, ¿me oye? Irá a Concord, ¿verdad? Déjeme pensar. Sabe que no puedo leer ni media palabra así que, si atraviesa el bosque y llega al letrero de la ciudad, junte varias piedras al pie del letrero. Así, la semana próxima cuando vaya a buscar pienso y vea las piedras sabré que logró llegar hasta allí. Hasta entonces estaré muerto de preocupación.

Charlotte sonrió. También lo habría abrazado si no hubiera estado preocupada porque la Sra. Boyle podía salir de la cocina en cualquier momento. No podía dejar que alguien pensara que Vern la había ayudado.

—Gracias, Vern. Me gustaría poder quedarme contigo y cuidar los caballos, pero... estaría en la cocina echando de menos a Justicia y volviéndome loca porque no podría ver el potrillo de Caridad... ni ayudarte a buscarle un nombre.

—Ya lo sé, señorita Charlotte —dijo Vern—. Tiene que hacer lo que le diga su corazón.

—Nunca te olvidaré —dijo Charlotte.

—Y yo tampoco podré olvidarla, señorita Charlotte. Y no se preocupe por el potrillo de Caridad. Ya tengo un nombre y usted sí que me ayudó. Se me acaba de ocurrir. Un buen nombre con mucha personalidad. Será perfecto para el buen caballo que nacerá. Ese potrillo se llamará Orgullo de Charlotte.

Charlotte se quedó en la cama con la ropa puesta hasta pasada la medianoche. Pensó en Hayward que estaría durmiendo en su propia cama, en su propia casa, con su nueva familia. Se preguntó qué se sentiría al saber que estás en tu hogar y que alguien en la habitación de al lado se preocupa por ti.

—No me olvides, Hay —susurró a la almohada.

Cuando Charlotte estuvo segura de que todo el mundo dormía, se levantó, ahuecó las almohadas, las colocó en la cama y las cubrió con la cobija para que pareciera que aún seguía durmiendo. Salió por la ventana y se dirigió silenciosamente hacia la caja de la leña.

Aunque la noche era clara y la luz de la luna brillaba, la leñera estaba entre sombras. ¿Lo habría logrado Vern? Charlotte abrió la caja. Adentro estaba el atado de ropa de Hayward. Forzó la vista bajo la escasa luz. Y allí, en un rincón, había otro pequeño bulto de tela, más pequeño, atado con una cuerda. Miró hacia atrás, donde estaba el establo. "Gracias, Vern", pensó.

Agarró los dos bultos y corrió lo más rápido que pudo hasta que dejó atrás la dehesa. El camino a

Concord estaba al otro lado del bosque y tendría que darse prisa para llegar allí por la mañana.

Protegida por los árboles, abrió el bulto que le había dejado Vern. Había puesto el dinero en un pequeño bolso de cuero. También había un sándwich y las tijeras que usaban para cortar las crines de los caballos. Todo estaba envuelto en un pedazo de camisa cosido toscamente para formar un pañuelo grande. En un lado del pañuelo aún estaban los ojales de la camisa. Charlotte lo pasó por su mejilla. Todavía escuchaba a Vern diciendo: "Tiene que hacer lo que le diga su corazón".

Encontró un charco cerca de un arroyo veloz. Entonces se desató los lazos, deshizo sus trenzas y sacudió con fuerza su cabello, que le cayó sobre los hombros como si fuera un chal. Se inclinó sobre el agua y miró su reflejo.

—Adiós, Charlotte —susurró.

Con la mano temblorosa, agarró las tijeras y cortó un mechón. Con cada corte, caían al agua largos mechones que flotaban corriente abajo sobre el agua. Nunca le había importado mucho su cabello, pero ahora, le dolía verlo desaparecer. Arrojó los lazos también al agua y desaparecieron como serpientes de seda arrastradas por la corriente.

Cuando Charlotte se paró, se sorprendió de lo ligera que sentía la cabeza, como si esas trenzas la hubieran mantenido sujeta al suelo. Se puso rápidamente la ropa de Hay y metió el bolso del dinero y el sándwich en el gran bolsillo de la ropa de trabajo. Dobló el pañuelo de Vern y lo guardó en otro bolsillo más pequeño.

Se miró por última vez en el charco. El agua reflejaba la imagen de un muchacho.

Rápidamente, Charlotte metió su vestido y las tijeras en el hueco de un árbol caído, y los cubrió con hojas y ramas. Dejó flotando su delantal en el río y ató los cordeles a unas zarzas cercanas para que la corriente no se lo llevara. *Tiene que parecer que han podido pasarle varias cosas.* Si venían a buscarla, verían el delantal y pensarían que se había ahogado.

Charlotte tomó un atajo por el bosque y llegó al camino principal hacia Concord cuando la luna todavía estaba alta. Corrió hasta que se cansó, luego caminó y corrió un poco más. La diligencia llegaba temprano, recordó. Pero sentía un pinchazo en el costado de tanto correr y aminoró la marcha. La Sra. Boyle empezaría a quejarse cuando viera que

Charlotte no aparecía a tiempo para las tareas del desayuno, pero estaría muy ocupada para ir a buscarla ella misma. Finalmente, enviaría a uno de los niños, que vería la cama y un bulto que parecería Charlotte y trataría de despertarla. El niño volvería diciendo que Charlotte no estaba y la Sra. Boyle se pondría furiosa. Iría directamente a buscar al Sr. Millshark.

Charlotte se puso una mano en el costado y comenzó a correr de nuevo. No podía perder la diligencia.

4

ANTES DEL AMANECER, CHARLOTTE LLEGÓ
al letrero de madera que decía "Concord". Se detuvo y juntó varias piedras al pie del letrero. Vern
iría la semana próxima a la ciudad y Charlotte se
lo imaginó asintiendo con la cabeza y sonriendo al
ver la señal. Al menos ella esperaba que fuera así.
Todavía tenía que subir a la diligencia sin que la
atraparan.

Charlotte se sentó en un banco frente a la oficina de la parada de diligencias y se comió el sándwich que Vern había incluido en el atado. Un
letrero de la ventanilla decía "DILIGENCIA HACIA EL
SUR 6:00 A.M." Charlotte calculaba que, con suerte, la Sra. Boyle no sabría hasta las 7:00 que se

había marchado. A esa hora ella ya estaría bastante lejos. Cuando se abrió la oficina de boletos, juntó las monedas de Vern y compró uno de ida a Manchester.

Charlotte sintió que el corazón le daba un vuelco cuando oyó retumbar los cascos de los caballos. Miró hacia el camino que llevaba a la ciudad. Entonces, entre una nube de polvo, vio los caballos.

Hacia ella trotaban, sujetos con arneses, seis hermosos caballos de fuertes patas. Casi todos eran mustangos de color gris, aunque también había un bayo y un alazán, como Libertad. Sanos y bien cuidados, parecían deseosos de trabajar juntos con los arreos que los unían. Detrás, el cochero iba sentado en el pescante de la diligencia y dominaba las riendas. Charlotte había oído que era posible enganchar seis y hasta ocho caballos, pero nunca lo había visto. ¿Qué se sentiría al tener tantos caballos respondiendo a tus órdenes?

—¡Sooo! —gritó el cochero, y los caballos aminoraron la marcha.

Entre chirridos, quejidos y crujidos, la diligencia se detuvo frente al hotel. El freno a presión chirrió cuando el cochero aseguró las ruedas.

El barniz de la diligencia brillaba bajo el sol de la mañana. Las ruedas estaban pintadas de amarillo y en las puertas decía: CORREO DE EE.UU. Era la cosa más linda que Charlotte había visto. Se acercó y pasó la mano por la brillante madera de nogal. Luego acarició al caballo que le recordaba mucho, demasiado, a Libertad.

El cochero les asignó los asientos enseguida. Charlotte se subió y se sentó en medio de dos gruesas mujeres.

—¡Hola!, muchacho —dijo una de las mujeres.

Charlotte saludó con la cabeza.

—Yo soy la señora Mapes y ella es la Sra. Earhart, mi compañera de viaje. ¿Tú cómo te llamas?

Charlotte miró desconcertada a la Sra. Mapes.

—¿Que cómo me llamo?

—Sí, tu nombre, querido.

—Charley —dijo Charlotte—. Me llamo Charley.

—Bueno, Charley, encantada de conocerte. Vamos hasta el final del trayecto, así que me parece que haremos un largo viaje juntos.

—Sí, señora —dijo Charlotte, mientras se ajustaba la gorra en la cabeza.

La diligencia empezó a rodar y traquetear sobre el terreno. Charlotte contempló granjas y bosques frondosos por la ventanilla. Deseaba sentarse arriba con el cochero para poder ver mejor; ver cómo manejaba la recua de caballos y preguntarle los nombres de los animales. Se sintió entusiasmada, como si algo nuevo y bueno estuviera a punto de suceder. ¿Qué haría Hayward, que hoy se despertaría en su nuevo hogar? Algún día ella también tendría un hogar. Pero no lo conseguiría quedándose en el orfanato. Millshark y la Sra. Boyle se lo impedirían. Vern solía decir que las plantas no podían respirar y crecer en una maceta demasiado pequeña. Ahora ella sabía lo que quería decir.

Charlotte no tardó en quedarse dormida apoyada en la Sra. Mapes. Se despertaba de vez en cuando, pero con el incesante parloteo de las dos damas y el balanceo de la diligencia, se volvía a dormir rápidamente, feliz de alejarse cada vez más del orfanato.

Horas después, la diligencia se detuvo al final del trayecto, en Worcester, Massachusetts. ¿Por qué nadie la había despertado antes para que se bajara? No reconoció al cochero. Debía haberse cambiado con el anterior en una de las paradas.

Quizás pensó que ella viajaba con las dos mujeres. Después de todo, se había dormido apoyada en una de ellas.

El cochero ayudó a los pasajeros a bajarse del estrecho coche. Charlotte se estiró y se quedó en mitad de la calle mirando hacia un lado y luego al otro. Los pasajeros se dirigieron al hotel con sus bolsos y su equipaje. Un estruendo de risas se escapó del bar. La gente iba y venía por la calle de una tienda a otra, algunos vestidos con la ropa más elegante que Charlotte había visto jamás. Los otros pasajeros se fueron marchando hacia sus destinos y de pronto, Charlotte se encontró sola a un lado del camino.

¿Qué debía hacer? Había huido, pero en realidad no tenía adónde ir. No conocía a nadie y no le quedaba mucho dinero, sólo unas pocas monedas. No había pensado qué hacer cuando llegara ese momento. Comenzaba a oscurecer y de repente se sintió sola y asustada.

Charlotte se acercó para acariciar los caballos. Al menos ellos le resultaban conocidos. El cochero llegó para llevarlos al establo.

—¿Necesita ayuda? —preguntó Charlotte.

El cochero comenzó a desenganchar los caballos.

—No, gracias. Yo mismo me ocupo de los caballos, pero si quieres puedes ver cómo los llevo a
descansar —el cochero se rió—. Muchachos y caballos. No hay manera de separarlos.

Charlotte lo siguió al establo y vio cómo les
quitaba los arneses a los caballos, los frotaba y los
metía en sus cuadras.

—Le puedo traer un poco de agua —dijo
Charlotte.

—Buen chico, sí, ve.

Charlotte llevó baldes de agua a los establos
mientras hablaba con los caballos. Luego ayudó al
cochero a rastrillar la paja.

—Haces bastante bien estas tareas —dijo el
cochero.

—Sí, señor —dijo Charlotte.

—¿Vives por aquí?

—No, señor. Bueno, en realidad, me acabo de
mudar.

—Bueno, márchate ahora. Tengo que cerrar el
cobertizo.

Charlotte se dirigió a la puerta, deteniéndose a
acariciar a cada caballo. Allí se sentía segura. Miró
a su alrededor y descubrió el altillo para el heno
que se elevaba sobre su cabeza. Cuando el cochero

desapareció en el cuarto de arreos para colgar unas bridas, Charlotte decidió arriesgarse.

Trepó por la escalera lo más rápido que pudo y se lanzó al altillo. Se quedó allí tumbada con la cabeza baja, sin moverse y sin hacer ningún ruido. Su corazón latía tan fuerte que parecía un tambor. ¿Podría oírlo también el cochero? Ahora estaba justo debajo de ella, silbando mientras terminaba su tarea. Finalmente se marchó y cerró las grandes puertas del cobertizo por esa noche.

Charlotte se asomó con cuidado desde el altillo. Vern echaría chispas si viera lo mal atendidas que estaban estas caballerizas. Charlotte no se sentía muy cansada, pero tenía hambre. Bajó y comenzó a curiosear por el granero. No había ni una migaja para comer. Por la fuerza de la costumbre tomó un rastrillo y empezó a limpiar las cuadras. Luego colocó las bridas que había en el cuarto de arreos. Por fin subió de nuevo al altillo. Su estómago gemía y rugía, pero finalmente se quedó dormida.

Soñó con potajes, papas y sopa.

Al día siguiente, Charlotte se despertó con el bullicio del establo. Los muchachos que se ocupaban de los caballos hablaban a gritos. Los arreos y las riendas producían un ruido estridente. El capataz del establo profería órdenes a pleno pulmón.

Charlotte se asomó al borde del altillo casi sin moverse. No podía bajar y aparecer de repente, porque podrían echarla. Escuchó el trajín durante varias horas hasta que el bullicio se calmó. Quizás era hora del almuerzo. Cuando ya nada se movía y sólo se oían los resoplidos y relinchos de los caballos, Charlotte abrió la ventana del altillo que daba a un tejado bajo. Con cuidado, salió al tejado, bajó resbalando por una viga de madera y aterrizó detrás del cobertizo.

Con más hambre que nunca, fue a la tienda de comestibles y con el dinero que le quedaba compró varias manzanas. Se escondió detrás de los edificios, cambiando de lugar más o menos cada hora. Al anochecer observó a varios niños haciendo carreras en un campo. Hubiera sido fácil sumarse a sus juegos y más fácil aún ganarles. Pero había muchas preguntas que Charlotte no quería responder. Además, si Millshark la estaba buscando, todo el mundo sabría que había un muchacho nuevo que podía correr más rápido que nadie.

Llamaron a los muchachos para que fueran a cenar, pero Charlotte se quedó escondida hasta que se hizo muy de noche. Pensó en las comidas caseras que estarían tomando. Varias veces sacó el pañuelo que Vern le había hecho y tocó los ojales. Se preguntaba en qué lugares habría estado ese pañuelo y a qué otros sitios iría.

Cuando cesó la actividad en los establos, trepó de nuevo por la ventana del altillo y esperó sin hacer ruido hasta que cerraron el cobertizo. De nuevo limpió las cuadras. Se preguntó cuánto tiempo podría seguir así. Y de nuevo tuvo dificultad para dormirse. Dio vueltas y más vueltas sobre el altillo del heno mientras soñaba que corría y corría y casi la atrapaban.

Cuando despertó, había alguien a su lado que le apuntaba con una horquilla a la cara.

5

CHARLOTTE SE PARÓ Y RETROCEDIÓ PARA
alejarse del hombre robusto y calvo.

—¿Qué haces en mi establo? —dijo.

—Yo… yo necesitaba un sitio para dormir. Lo
siento —dijo Charlotte.

—¿Eres tú quien limpió mis cuadras?

—Sí, señor.

El hombre bajó la horquilla y la contempló con
atención.

Ella estiró el brazo, agarró la gorra y se la puso.

—Eres un montón de huesos —dijo el hombre.

—Sí, señor.

—¿Vives por aquí?

—Este... acabo de mudarme. Yo, yo... busco trabajo.

—¿Dónde están tus padres? —preguntó.

—Ellos... ellos viven más allá del pueblo. Estamos pasando una mala racha... así que me enviaron a buscar trabajo.

—¿Cómo entraste aquí?

—Ayudé al cochero de la diligencia a traer a descansar los caballos...

—Bueno, no necesito ayuda. Vete a casa.

Charlotte quería decir que no tenía casa. Quería decir que estaba sola y necesitaba ayuda, pero sabía que no podía decir nada. No conocía a ese hombre. Incluso podría entregarla a Millshark.

—Trabajaré, trabajaré gratis si puedo dormir y comer aquí. Puedo enjabonar las bridas, dejarlas como si fueran nuevas.

El hombre se frotó la calva.

—No hay mejor mozo de caballerizas que yo. Puedo montar a caballo y...

El gesto del hombre se suavizó.

—Bueno, hiciste un buen trabajo en el establo. Las bridas están en un estado lamentable. Un poco de ayuda me vendría bien, pero dentro de unos meses llevaré mis caballos a Rhode Island, a

Providence. Así que no te hagas ilusiones de quedarte mucho tiempo. Puedes dormir en el altillo, que es lo que ya estás haciendo. Llevo semanas limpiando el estiércol y rastrillando la paja sin un muchacho que me ayude. Pero no tolero ningún lío.

—No, señor —dijo Charlotte.

—Me llamo Ebeneezer Balch. Ve al café a comer algo. Diles que yo te envío. Luego vuelve y empieza a trabajar. ¡Vaya si eres flacucho para ser un muchacho!

Ebeneezer le contó que había tenido más mozos en el establo de los que podía recordar y que todos habían sido a cuál más perezoso. Charlotte estaba decidida a demostrarle que podía confiar en ella. Pasaba muchas horas en el bullicioso establo limpiando las cuadras, rastrillando la paja y alimentando y aseando a los caballos. Era la primera que se levantaba por la mañana y la última en acostarse por la noche. Si tenía tiempo arreglaba los arneses sin que nadie se lo pidiera. Seguía pensando que, quizás, si trabajaba duro, Ebeneezer necesitaría mozos en Rhode Island.

Pero además, adoraba los caballos. Siempre les hablaba como si fueran sus bebés. Con el murmullo de su voz podía convencer incluso a los más testarudos para que hicieran cualquier cosa. Los mozos que trabajaban allí movían la cabeza con asombro. Y más de una vez, Charlotte descubrió a Ebeneezer observándola cuando estaba con los caballos.

Llevaba varios meses allí, cuando Ebeneezer entró en el cuarto de arreos. No parecía muy contento.

—Charley, siéntate.

Charlotte supo lo que le iba a decir. Se habían hecho todos los preparativos para mudar el negocio. Un temor impreciso la atenazó. ¿Qué haría cuando Ebeneezer se marchara?

Ebeneezer carraspeó y dijo:

—Esta mañana, en el pueblo, un hombre hablaba de una niña que había huido de un orfanato de New Hampshire. Decía que quizás se había ahogado en el río, pero quizás no. Está buscándola siguiendo el trayecto de la diligencia. Quería saber si yo sabía algo porque parece que esa niña es muy buena para cuidar caballos y desapareció en la misma época en que tú apareciste aquí. ¿Sabes algo de ella?

Charlotte bajó la mirada hacia la brida que sostenía en las manos. Se quedó pálida.

—No, señor —dijo. No le gustó mentir a Ebeneezer.

—Bueno, le dije que nunca había visto ni oído nada. Quería saber si yo tenía un ayudante en el establo. No me gustó ni un ápice el aspecto y las maneras de ese tipo. Dijo que castigaría a la niña y que iría a buscarla hasta el fin del mundo. ¡Hmmm! Se comportaba como si quisiera venir a curiosear a mi establo. Le dije que no serviría de nada, que todo lo que encontraría era mozos de caballos de primera categoría. ¿No es cierto?

—Sí, señor —dijo Charlotte.

—De todas formas, por aquí no hay ninguna niña. ¿Verdad?

Ebeneezer se echó hacia atrás y contempló a Charlotte como nunca lo había hecho antes. ¿Acaso lo sabía? Charlotte se encogió.

—No, señor —dijo.

—Bueno, así se lo dije. Probablemente esa niña sí se ahogó. Eso es lo que creo. Se ahogó en el río. ¿No es una pena?

Carraspeó de nuevo.

—Ahora, otra cosa. No creo que ese tipo se dé fácilmente por vencido. Es muy arrogante. Supongo que irá preguntando por todo el pueblo y también aparecerá por aquí. Todo el mundo sabe que tengo un nuevo ayudante.

Charlotte asintió. Tenía la boca seca. ¿Qué pasaría si Millshark aparecía y Ebeneezer se metía en problemas por haberle dado trabajo?

Le empezaron a sudar las manos de sólo pensar que el Sr. Millshark podía encontrarla y llevarla al orfanato. Su corazón latía a toda velocidad. Quizás debía marcharse, pero eso significaba que tenía que empezar de nuevo. Tendría que buscar otro lugar para trabajar... dormir... y comer.

Y para esconderse.

Charlotte se paró, soltó la brida y se acercó a la puerta.

—Sabe, yo... tengo que irme a casa y como usted va a llevar el establo a otro lugar... será mejor que me marche.

Ebeneezer levantó las dos manos para bloquear su marcha.

—Espera —dijo—. Escucha, en toda mi vida solamente he conocido a otra persona que pudiera trabajar con los caballos como tú. Los hechizaba y podía montarlos... montarlos como... Bueno, solamente lo he visto en otra ocasión. Tengo esa idea y quizás estoy loco pero tengo que comprobar si tengo razón. No pienso dejarte marchar si eres capaz de hacer lo que yo creo.

Mientras Ebeneezer salía del cuarto de arreos, dijo:

—Trae seis caballos. Tengo que enganchar una carreta.

Charlotte trató de concentrarse en lo que le había dicho. ¿Traer seis caballos? ¿Ser capaz de hacer lo que él creía? Confusa, buscó los arreos para seis caballos y los llevó, de uno en uno, para engancharlos.

Cuando todos los caballos estuvieron enganchados, Ebeneezer dijo:

—Charley, tú los guías.

Charlotte se quedó mirando a Ebeneezer.

—Nunca he guiado seis caballos a la vez. He llevado dos caballos, pero nunca seis.

—Ya lo sé —dijo Ebeneezer—. Súbete y vamos a dar una vuelta. ¿O es que tienes miedo?

—No tengo miedo —dijo Charlotte.

Se subió a la carreta. ¿Qué pretendía Ebeneezer? Le parecía que la estaba poniendo a prueba, casi retándola a llevar la recua de caballos. Él le pasó la fusta, pero ella no quería tomarla.

Jamás había pegado a un caballo con la fusta.

—Es para guiar a la recua con el sonido, no para golpear a un pobre caballo. Ahora, aquí tienes las riendas, son como las de un solo caballo. Sujétalas con la mano izquierda y mantén la fusta en la derecha —dijo.

Charlotte agarró la fusta y las riendas y prestó atención.

—Cada par de riendas controla dos caballos, por eso para seis caballos llevas en la mano tres pares de riendas. No es tan fácil como parece. A la derecha tienes el freno a presión. Funciona con el pie. Ahora, suelta el freno, recorre una milla y vuelve.

Desde el día en que Charlotte había subido a la diligencia en Concord, había querido probar una recua de seis caballos. Había querido saber qué se sentía detrás de todos esos caballos. De repente se le presentaba la oportunidad.

—¡Arre! —gritó Charlotte.

Charlotte sujetó ligeramente las riendas e intentó que la carreta fuera recta, pero se le iba hacia la derecha y luego hacia la izquierda. Había enganchado suficientes recuas para comprender cómo funcionaban las riendas, pero Ebeneezer tenía razón, no era tan fácil como parecía. Al menos nadie le iba a decir que golpeara a los caballos con la fusta.

Charlotte tiraba suavemente de las riendas, pero hasta el tirón más ligero mandaba los caballos en otra dirección. Cuando llegó la hora de dar la vuelta, las riendas se enredaron. Algunos caballos giraron y otros no. La carreta rodó hacia los caballos y de repente Charlotte se vio en medio de un montón de arneses y caballos. Ebeneezer bajó de la carreta y lo arregló todo de nuevo.

—Supongo que estaba equivocado —dijo, y le echó una mirada extraña—. Quizás eres demasiado joven para aprender a llevar estas riendas. Volvamos.

—Todavía no sé cómo dar la vuelta —dijo Charlotte, que empezaba a creer que su única escapatoria del Sr. Millshark era ser capaz de guiar esa recua.

Ebeneezer se subió de nuevo a la carreta y Charlotte partió. Con mano más firme llevó a los caballos otra vez por el camino. Intentó dar una vuelta de nuevo y otra vez enredó los caballos con la carreta. Ebeneezer se bajó y colocó las riendas.

—Puedo hacerlo —insistió Charlotte.

Charlotte agarró las riendas una y otra vez.

Aunque continuaba enredándose cada vez que daba una vuelta, en cada recorrido sentía un alborozo que nunca había sentido antes. Seis caballos fuertes esperaban sus órdenes, sus tirones de las riendas, para saber adónde ir. Les gritaba "¡aparta!" para que fueran a la izquierda y "¡arre!" para que se dirigieran a la derecha, como cuando montaba a caballo o guiaba dos caballos.

Deseó que Hayward pudiera verla. Y Vern. Vern no le habría dejado bajarse de esa carreta hasta que hubiera aprendido a dar la vuelta. Como cuando le enseñó a montar a caballo. Después de cada caída la sentaba de nuevo sobre Libertad y le decía: "Cada vez que uno se cae, se aprende algo nuevo sobre el caballo. Hay que fijarse y aprender lo que no hay que hacer la próxima vez".

Lo mismo pasaba ahora con la recua. Cada vez que confundía las riendas, sabía lo que había hecho mal y procuraba no hacerlo otra vez.

Después de una docena de intentos, consiguió dar la vuelta sin enredarse. Ebeneezer finalmente dio su aprobación con una pequeña sonrisa de satisfacción. Quería que Charlotte aprendiera. Quería que fuera capaz de llevar la recua. Pero, ¿por qué?

Cuando volvieron al establo, Ebeneezer dijo:

—Charley, o como te llames, necesito llevar esta carreta y estos caballos a mis establos nuevos y me parece que tú puedes hacerlo. Pero debes partir mañana, antes del amanecer. Y otra cosa. No necesito más mozos de caballeriza en Rhode Island, pero necesito alguien que cuide los caballos y muy pronto necesitaré cocheros. Tienes mucho que aprender, pero yo podría enseñarte, si te parece bien.

Charlotte no pudo contener la sonrisa que iluminó su rostro.

—Me parece muy bien —dijo.

El medio

cientos de vueltas con Ebeneezer, Charlotte aprendió a guiar una carreta con maestría por cualquier trayecto difícil. Cuando finalmente empezó a guiar una diligencia con pasajeros, aprendió a ganarse la simpatía de los viajeros más difíciles. Adquirió tan buena reputación que la gente la solicitaba como cochero. Si había una fiesta importante, la gente prefería al joven y apuesto cochero que nunca había volcado un carruaje. Ebeneezer sencillamente se echaba a reír a carcajadas cuando un cliente insistía que prefería a Charley y a nadie más.

¿Y su disfraz? Charlotte representaba su papel como si fuera un actor en una obra de teatro. Se vestía cuidadosamente, con camisetas muy ceñidas debajo de la ropa para que su figura fuera como la de un muchacho. Prefería camisas de franela amplias con pliegues y un chaleco de cuero. Solía vestir pantalones sin ajustar, botas de cuero, un sombrero de ala ancha y guantes de cuero. Llevaba una fusta de piel de serpiente sujeta en el cinturón.

Y no le preocupaba su voz. Cuando estaba con los caballos practicaba un tono grave. Quizás porque manejaba tan bien los caballos o quizás porque la gente del pueblo no prestaba mucha atención, lo cierto es que el joven cochero de Ebeneezer, bien rasurado y con una voz cálida y áspera, no despertaba ninguna sospecha. Charlotte actuaba, se vestía y hablaba como un cochero de primera, así que a los ojos de la gente eso es lo que era.

De todas formas, Charlotte tenía cuidado de proteger su identidad. No compartía el dormitorio con los otros trabajadores de los establos y todavía prefería dormir en el altillo. Por eso se burlaban de ella diciendo que amaba más a los caballos que a las personas.

También era muy cautelosa con las cartas que escribía a Hayward. En lugar de mandarlas ella misma, se las daba a otros cocheros para que las enviaran desde distintas ciudades por toda la costa del Atlántico. Y Hayward tenía instrucciones de mandar sus cartas a la atención de los establos Ebeneezer. De vez en cuando, Hayward le contaba que había pasado por Concord y había ido al orfanato para contarle a Vern las últimas novedades sobre Charlotte. Las palabras de ánimo que Vern le enviaba a través de Hayward siempre la hacían sonreír.

Durante seis años había conseguido escapar del Sr. Millshark. Ahora tenía dieciocho, ya era una persona adulta, pero era una mujer que hacía el trabajo de un hombre. Si la descubrían, su trabajo finalizaría en ese mismo momento.

Y con él, todas sus ilusiones.

6

LOS ESTABLOS "WHAT CHEER" DE PROVIDENCE,
Rhode Island, bullían de actividad. Había muchos
viajeros así como paquetes de correo y cajas de seguridad del banco. Charlotte tenía una atareada
rutina, atendiendo a los caballos y a los pasajeros.
Daba los mejores asientos a las mujeres y los
niños, y los trataba siempre con respeto. A veces
algún hombre se molestaba, pero nunca protestaba
demasiado porque sabía que su cochero era el
mejor y el más seguro de toda la costa del
Atlántico.

Charlotte no tenía mucho tiempo ni motivos
para preocuparse, hasta que una mañana Ebeneezer le pasó la lista de pasajeros y se quedó pa-

ralizada ante un nombre. No podía ser el mismo Sr. Millshark. ¿O sí? Con cuidado, Charlotte atisbó por debajo de su sombrero el grupo de personas que había junto a la oficina de boletos. Vio un grupo de mujeres, dos niños y un caballero. El caballero era ni más ni menos que el Sr. Millshark vestido con un elegante traje gris. Pero había algo peculiar en él: había crecido. Entonces Charlotte observó las elegantes botas de tacón que lo hacían parecer mucho más alto.

De repente Charlotte sintió que tenía de nuevo doce años. Sabía que ya nunca tendría que volver al orfanato, pero en su corazón sabía que se jugaba mucho más. Si Millshark la descubría, procuraría que todo el mundo supiera quién era Charlotte y lo que había hecho. Cuando todo el mundo se enterara de que era una mujer, nadie se querría subir a su diligencia y no les importaría la edad que tuviera o lo buen cochero que fuera.

Cuando Ebeneezer vio que Charlotte no se movía, le dijo:

—¡Charley, a trabajar!

—Me ocuparé del portaequipajes de atrás —dijo Charlotte y empezó a cargar el equipaje en el maletero de piel en la parte de atrás de la diligencia. El equipaje que sobraba lo aseguró sobre el techo de la diligencia, comprobando los nudos dos y tres veces. Estaba nerviosa y de su frente brotaban perlas de sudor. Sacó el pañuelo y se enjugó la frente.

Ebeneezer le entregó la documentación del viaje.

—Parece que has visto un fantasma —dijo.

—Creo que hoy no puedo llevar la diligencia.

—¿Qué tonterías dices? El correo tiene que llegar y los pasajeros también.

Entonces Ebeneezer miró al Sr. Millshark. Lo observó unos instantes hasta que le pareció reconocerlo. ¿Podría ser realmente el mismo hombre del orfanato que buscaba a la niña que se había escapado hacía varios años? Ebeneezer puso una mano en el hombro de Charlotte.

—Ahora, escucha, no hagas ningún caso a los pasajeros. Tú eres lo que eres. Y eres un buen jinete y el mejor cochero que jamás he conocido. Recuérdalo. En estas circunstancias, no puedes hacer otra cosa que tu trabajo. Así que hazlo.

Charlotte miró a Ebeneezer a los ojos.

Ebeneezer sostuvo su mirada y le dijo:

—Tú eres el cochero, estás al mando. Diles que suban.

Charlotte se inclinó el sombrero sobre el rostro y se anudó el pañuelo sobre la nariz. Ojalá Ebeneezer tuviera razón.

—¡Todos arriba! —gritó.

Charlotte sentó primero a las mujeres y las colocó junto a las ventanas. Eran los mejores asientos. Luego sentó a los niños.

—¿Tienes un asiento para mí, muchacho? —preguntó Millshark.

—Puede meterse en el medio, entre los niños —dijo Charlotte.

—¿Podría convencerte con estos excelentes cigarros de que me dejaras sentar en el pescante? Solamente voy a la ciudad más próxima.

Charlotte dudó. No quería discutir con Millshark más de lo necesario y ningún cochero que se preciara rechazaba jamás un puñado de cigarros.

—Claro —dijo secamente y subió al pescante, mirando hacia otro lado.

Complacido, el Sr. Millshark subió y se sentó a su lado.

—Gracias —dijo Millshark—. Seguro que será un viaje muy placentero.

Dos mozos de caballeriza llevaron los caballos guía, los que van primero en los arreos. Los engancharon y le pasaron las riendas a Charlotte. Luego colocaron los caballos que van en el medio y, por último, los caballos de varas, que van más cerca de las ruedas. Los mozos soltaron a los caballos guía.

—¡Vámonos, lindos! —gritó Charlotte.

Con un movimiento de muñeca la diligencia se puso en marcha y Charlotte la dirigió con cuidado fuera de la ciudad.

Dejó que los caballos tomaran velocidad. El carruaje rodaba alegremente por el terreno, saltando sobre el polvoriento camino.

Unas tiras de cuero de tres pulgadas amarradas al eje mecían el carruaje como si fuera un bebé en una hamaca. La diligencia traqueteaba hacia delante y hacia atrás. Los viajeros rebotaban sobre los asientos acolchados, pero en el pescante, donde se encontraban Charlotte y el Sr. Millshark, no había nada más que un banco de madera.

El Sr. Millshark, encogido en un lado del asiento, sujetaba su sombrero con una mano mientras con la otra se aferraba a la estrecha barra.

Charlotte conocía cada recoveco del camino. Sabía cuándo podía acelerar la marcha y cuándo debía ir más despacio. Recordaba las palabras de Ebeneezer: "Eres un buen jinete y el mejor cochero que he conocido jamás".

—¿No vas un poco rápido? —gritó el Sr. Millshark.

—Conozco a mis caballos de sobra y no soy famoso por ser mal cochero, así que ¡agárrese! —replicó Charlotte.

—Tú mandas —dijo él nerviosamente.

—¡Adelante! —gritó, soltando algo más las riendas y disfrutando ese momento de poder sobre Millshark. Le encantaba la sensación de dominar a los caballos. Charlotte lo miró. Tenía un aspecto lastimoso, agarrado a la barra, temiendo por su vida. ¡Y ni siquiera iba tan rápido!

Charlotte sabía qué caminos solían estar inundados después de llover, cuáles solían estar llenos de ramas después de una tormenta y cuáles estaban enlodados. Varios días atrás había quedado atrapada en un lodazal cerca de la granja de Jenson. Hoy tendría que dar un rodeo para evitarlo. De repente sintió un impulso infantil e irrefrenable de venganza y se le ocurrió una idea. Silbó con fuerza a los caballos y los dirigió al lodazal. La diligencia se empantanó en el lodo pegajoso, pero Charlotte no estaba preocupada. Los viajeros no corrían ningún peligro y todavía tenía tiempo de llegar a las paradas a la hora debida.

—¡Semejante lodazal! —exclamó Charlotte.

—Estamos atascados —dijo el Sr. Millshark.

—Saquemos la diligencia de aquí. Busque unos arbustos para poner debajo de las ruedas y así yo podré sacarla. Esas mujeres del carruaje sólo valen para cocinar y coser. Necesito un hombre fuerte que me ayude o nos quedaremos aquí hasta que el lodo se seque. Yo le recomendaría que se quitara esas botas elegantes y esas medias finas.

A regañadientes, el Sr. Millshark se las quitó y bajó de la diligencia. Se hundió en el lodo hasta los tobillos. Levantó los pies despacio, hundiéndose más con cada paso. Arrastró varias ramas y las colocó bajo las ruedas de la diligencia.

El interior de la diligencia era acogedor, con las paredes forradas de madera de tilo, iluminada con lámparas de aceite que tenían adornos de bronce. Las pequeñas ventanas tenían persianas de cuero que se podían bajar para proteger a los viajeros de las inclemencias del tiempo o del polvo.

—¡Señoras, bajen las persianas, no vayan a mancharse de lodo! —gritó Charlotte.

Intentando no reírse, Charlotte dirigió desde el pescante a los caballos hacia delante y hacia atrás. Cada vez que las ruedas giraban el Sr. Millshark quedaba salpicado de lodo. Finalmente, Charlotte sacó la diligencia del lodazal y esperó al Sr. Millshark en el camino, un poco más lejos de lo necesario.

—Gracias, buen hombre —dijo Charley.

El Sr. Millshark se subió al pescante, pero no dijo ni una sola palabra. De camino a la ciudad Charlotte llevó la diligencia lo más rápido que pudo, siempre dentro de los límites de seguridad. Miró al Sr. Millshark y vio que estaba tan blanco como el papel. Varias horas después, Charlotte detuvo la diligencia.

—Bueno, aquí estamos, la primera parada —dijo.

—¿Y mis botas? —dijo el Sr. Millshark.

Charlotte miró en torno a ella.

—Estaban aquí, tan seguro como que el sol sale por la mañana —dijo Charlotte—. Deben haberse caído por el camino. Es una pena. Bueno, supongo que podríamos volver a buscarlas.

—¡No! —dijo Millshark—. Quiero decir, no hace falta. —Le mostró una moneda y dijo:

—Si las ves, te agradecería que me las devolvieras. Me las hicieron a medida y son muy caras.

—Sí, señor —dijo Charlotte. Agarró la moneda y saltó del pescante. Se quitó el pañuelo de la cara y empezó a descargar el equipaje.

El Sr. Millshark estaba cubierto por una película de lodo y todavía se quejaba porque le dolía el trasero y había perdido sus botas. Bajó del pescante y se acercó a Charlotte.

Charlotte lo miró, asintió y le dio sus maletas.

Un atisbo de reconocimiento apareció en el rostro de Millshark.

—Me parece que te conozco —dijo.

—Oh, eso dice mucha gente —dijo Charlotte, que saltó de nuevo al pescante y preparó los caballos antes que él pudiera contestar.

Con una mirada perpleja, el Sr. Millshark entró en el hotel, descalzo.

Y escondidas en el maletero de piel había un par de botas nuevas para Ebeneezer.

7

VARIOS AÑOS ATRÁS, DOS MOZOS DE
caballeriza de Ebeneezer, James Birch y Frank
Stevens se habían marchado de Rhode Island a
California. Ahora acababan de volver y estaban
entusiasmados con sus aventuras como dos pequeños cachorrillos. No paraban de contar historias
sobre los aventureros y buscadores de oro, y
Charlotte no se cansaba de escucharlos.

El Oeste era un territorio salvaje y sin coloni-
zar. Bandadas de buscadores de oro recorrían las
sierras bajas y se hacían millonarios de la noche a
la mañana. Y luego estaba Sacramento. Todo el
mundo hablaba de Sacramento, en California, el
puerto fluvial más importante del Oeste. Era un

pueblo en auge y para los hombres de negocios era más tentador que un caramelo para un niño, porque si alguien se hacía rico, a algún lugar tendría que llevar su oro y gastar su fortuna.

—La gente necesita viajar de un sitio a otro —decía James—, así que empezamos una pequeña línea de diligencias, pero ahora nos vamos a unir con otras líneas para formar la Compañía de Diligencias de California. Necesitamos buenos cocheros. Necesitamos hombres en el filón principal donde está casi todo el oro y donde están los mineros. Planeamos ampliar las rutas por la Costa del Pacífico así que podrías elegir la que quisieras. ¿Vendrías, Charley?

Ofrecían bastante dinero y había trabajo de sobra para los hombres que quisieran ir, pero lo que más le interesaba a Charlotte era el asunto de las tierras.

—Si quieres poseer un pedazo de tierra, allí es bastante barato y hay de sobra —decía Frank.

Charlotte no pudo dejar de entusiasmarse.

—Tenemos boletos para viajar en barco desde Atlanta a Panamá —insistía James.— En Panamá viajarías por tierra en mula, luego en barco a San Francisco y luego en barcaza por el río hasta Sacramento. El viaje dura un mes, pero cuando llegues allí verás tierras hasta donde alcanza la vista, esperando que tú las compres, Charley.

Su entusiasmo era contagioso.

—Bueno, chicos, esas tierras me resultan muy atractivas —dijo Charlotte.

—Vamos, Charley, eres el mejor cochero que conocemos y te necesitamos —insistió James.

Desde el momento en que los muchachos empezaron a hablar de las tierras, Charlotte supo que iría, pero tenía que decírselo a Ebeneezer y eso no sería fácil.

—¡No creas que California es un paseo en pony! —le dijo Ebeneezer prácticamente gritando—. Hay lugares donde no hay caminos y sólo hay senderos trazados por mulas que pasaron antes que tú. ¡El suelo está lleno de hoyos y el polvo te llega hasta la rodilla!

—Lo sé, señor, pero tengo que ir —dijo Charlotte.

—No sabes dónde te estás metiendo. La mayoría de los caballos son potros salvajes traídos de las colinas y no saben galopar con arreos. ¡Si tienes suerte, como mucho puedes recorrer unas tres millas por hora!

Ebeneezer se movía de un lado a otro.

—He oído que las diligencias van tan llenas con todos los tipos que se dirigen a los pueblos mineros, que tienen que poner viajeros en el techo. ¡Se te caerán! Y… y tienes otras cosas que considerar. California no es un buen lugar para una… para una… bueno… ¡para ti!

Nunca, ni una sola vez, Ebeneezer había dicho nada sobre el secreto de Charlotte. Nunca le había preguntado directamente, pero él lo sabía. Se pasó las manos por su calva.

Charlotte intentó explicarle.

—Mi ilusión es conseguir un rancho y nunca podré permitirme comprar uno en el Este —dijo—. En el Oeste hay tierras para comprar, baratas. No quiero pasar el resto de mi vida durmiendo en un altillo. Quiero tener mi casa. Mi propia casa. Un hogar.

Ebeneezer dejó de moverse, cruzó los brazos y preguntó:

—¿Y qué pasa con los indios? ¿Has pensado en eso? ¿Y cuando transportes lingotes de oro? Para un ladrón serías como una manzana madura que no tiene más que recoger del árbol.

Charlotte no le respondió. Sabía que se marchaba. Y él también lo sabía.

Ebeneezer se sentó con aspecto derrotado.

—Eres mi mejor cochero. Sé que nunca dije nada pero, bueno, me recordabas a alguien. Y ha sido bueno para mí ver cómo superabas a los demás cocheros, todos muchachos.

La voz se le quebró.

—Yo tuve una hija que murió de fiebre, como mi esposa. Pero esa niñita podía cabalgar como el viento. Nunca he visto nada igual… excepto tú.

Se quedó callado. Charlotte se le acercó y le tomó la mano.

—Creo que me ilusioné con que te quedaras más de lo que debía. Es que no soporto perderte por… por California.

Charlotte tampoco quería perder a Ebeneezer. Había sido muy bueno con ella. Le había dejado hacer las cosas a su manera y la había protegido. Como si hubiera sido su hija.

—Apuesto que cuando tenga mi casa podrá venir y abrir una nueva caballeriza —dijo Charlotte—. Ya ha oído a los muchachos. Parece muy interesante, ¿no?

La mirada de Ebeneezer se iluminó un poco ante la perspectiva.

—Y yo lo necesitaré —dijo Charlotte—. Quiero poseer un pedazo de tierra y, claro, yo sola no podré ocuparme de un rancho grande.

—Supongo que lo podría pensar —dijo Ebeneezer—. Con el tiempo... Supongo que no soy tan viejo para viajar. Algún día.

Se miraron. Él parecía sonreír.

—Bueno, muévete y empieza a empacar tus cosas. Hace tiempo te dije que sólo trabajarías para mí temporalmente. Cuídate y si necesitas algo, grita.

Charlotte ya estaba acostumbrada a su brusquedad.

—Gracias —dijo.

—Por cierto, ¿cómo te llamas? —rezongó Ebeneezer.

Charlotte sonrió, se inclinó y se lo susurró al oído.

Charlotte se encontraba en la cubierta superior del *Wilson G. Hunt*, una barcaza de vapor que parecía un palacio. La barca traqueteaba corriente arriba por el río Sacramento. Charlotte llevaba viajando cuatro semanas y un día y estaba ansiosa por llegar a Sacramento. Se sentía como el día en que viajó en la diligencia después de huir del orfanato. Le parecía que estaba a punto de ocurrir algo muy emocionante. Algo nuevo. Sentía que estaba más cerca de realizar su sueño.

El delta del río se extendía ante sus ojos. Parecía una cobija húmeda y verde que llegaba hasta la falda de unas suaves colinas. Los riachuelos brillaban tenuemente por todo el delta. Detrás de las colinas, la tierra se extendía hasta el infinito. Salpicada de árboles y arbustos, era exactamente como la habían descrito Frank y James. Un amplio espacio abierto la esperaba. Tan pronto como reuniera el dinero, se compraría tierras, tendría su propiedad y luego, escribiría a Ebeneezer y Hayward para que vinieran a vivir con ella.

Cuando la barcaza atracó en Sacramento, reinaba la confusión en el puerto. Las diligencias se agolpaban en la calle junto a los muelles, esperando a los viajeros. Guardias armados protegían cajas fuertes llenas de oro en polvo que esperaban el barco con destino a San Francisco. Los cargadores proferían palabras malsonantes y arrojaban paquetes en el muelle, y los estibadores cargaban el equipaje en los coches. James le había dicho que iría a esperarla a la barcaza, pero Charlotte dudaba que pudiera encontrarlo.

Charlotte se abrió paso entre la multitud. Los caballos relinchaban y se encabritaban, impacientes. Los viajeros desembarcaron a su alrededor e inundaron la calle como un ejército de hormigas en un día de campo.

Charlotte no había visto tanta confusión en su vida. La empujaban por un lado y por otro. Seguía buscando a James, ¡pero había tanta gente!

—¡Charley, Charley! ¡Aquí estoy!

Aliviada, vio por fin a James que llegaba con un caballo extra.

—¡James! ¡No sé a quién me alegro más de ver, a ti o a ese caballo!

—¡Sube, Charley! Salgamos de este infierno.

Charlotte no había subido a un caballo durante semanas y le gustó volver a montar y especialmente sentirse por encima de la multitud. Guió al caballo despacio a través del bullicio de los muelles y siguió a James hacia las afueras de la ciudad.

Pero tan pronto se alejaron de los muelles se metieron en otra calle donde un grupo de hombres reía y se burlaban entre ellos.

En los escalones que conducían a la taberna había una mujer que repartía volantes.

—En el territorio de Wyoming ya están diciendo que la mujer tiene derecho a votar —gritaba—. ¡Si Wyoming reconoce el derecho de las mujeres, entonces California también debe hacerlo!

—¡Entonces, que las mujeres se muden a Wyoming! —gritó un hombre ante el regocijo de la multitud.

—Con los hombres en las minas, muchas mujeres trabajan en las granjas y deberían tener derecho a tomar decisiones que afectan a sus propiedades y a sus familias. Las mujeres ya se han organizado en el Este y han celebrado una Convención de Derechos de la Mujer —respondió la mujer.

—¡Ya tienen bastante con la cocina y los niños! —gritó otro hombre y el grupo lanzó una carcajada. Casi todos botaron los volantes y entraron a la taberna. Otros se alejaron moviendo la cabeza. Las mujeres siguieron con sus quehaceres y muchas no se detenían ni miraban, pero Charlotte notó que algunas recogían los volantes y se los metían en el bolsillo.

Charlotte se bajó del caballo y se encaminó hacia la entrada de la taberna.

—Charley, ¿qué vas a hacer? —gritó James.

Charlotte se acercó a la mujer.

—Quisiera una de esas hojas —dijo Charlotte.

La mujer miró a Charlotte y le pasó una.

—¿Tú también quieres burlarte?

—No, señora —dijo Charlotte—. Me interesa saber por quién votaría usted en las próximas elecciones.

La mujer estudió el rostro de Charlotte para ver si se estaba burlando.

Charlotte preguntó de nuevo:

—Si usted pudiera votar, ¿por quién votaría?

La mujer le dio su opinión sobre los candidatos y Charlotte la escuchó atentamente. También le contó que se había celebrado una convención en Seneca Falls, Nueva York, donde se habían reunido mujeres y también hombres para hablar de los derechos de la mujer.

Después, la mujer añadió:

—Sabes, muchacho, también hay hombres que apoyan nuestro movimiento.

—Estoy de acuerdo con esos hombres —dijo Charlotte, mientras daba un apretón de manos a la mujer. Luego Charlotte tocó ligeramente su sombrero en señal de saludo y dijo:

—Usted es mucho más valiente que yo.

Volvió a subirse al caballo y dejó a la sorprendida mujer en los escalones de la taberna.

En el caballo leyó el volante. Charlotte sabía de política. Los cocheros de diligencia escuchaban todas las noticias que contaban los viajeros y Charlotte tenía sus propias opiniones. Realmente pensaba que esa mujer era muy valiente. Se necesitaba mucho valor para colocarse frente a todos esos hombres mientras ellos se burlaban. Charlotte hubiera deseado hacer algo más por esa dama.

—¿Simpatizas con esa mujer? —preguntó James.

—Me parece interesante. Eso es todo —dijo Charlotte.

—Aquí encontrarás muchísimas cosas interesantes, cosas que no has visto en el Este. Pero ahora debes instalarte.

A varias millas de Sacramento, James y Frank habían convertido una desvencijada construcción en establo y cobertizo para las diligencias. En la fachada había un gran cartel que decía "COMPAÑÍA DE DILIGENCIAS DE CALIFORNIA". En el interior se alineaban las diligencias de Concord, las mejores del Este, en espera de los próximos viajes. Había una barraca para los trabajadores, pero como no había altillo, Charlotte se acomodó en un pequeño almacén junto al cuarto de arreos.

—Todo es un poco provisional, Charley —dijo James—. Queremos organizarnos, pero tenemos tanto trabajo que simplemente no hemos tenido tiempo. Todo el mundo tiene prisa por entrar y salir del país del oro. Y el tiempo es oro.

—¿Cuántos cocheros tienes? ¿Y dónde están los caballos? —preguntó Charlotte.

—Empezamos con diez cocheros en este establo y ya no son suficientes. Pero solamente aceptamos buenos cocheros. Y los caballos, bueno, esa es otra cosa provisional. He comprado varios pura sangre en Australia y he pagado una pequeña fortuna por uno especialmente fuerte. Quiero crear una línea prestigiosa con servicio de calidad. Pero los caballos aún no han llegado, así que atrapamos algunos

potros salvajes. Lo primero que hay que hacer mañana por la mañana es ponerles las herraduras.
¿Estás listo para conocer los caballos del Oeste?

—¿Domados o salvajes? —preguntó Charlotte.
James se echó a reír.

—Bienvenido a California, Charley. ¡Aquí,
todo es salvaje!

8

DOS MOZOS SUJETABAN A UN CABALLO nervioso con unas cuerdas atadas a las correas del freno. Ebeneezer tenía razón. Muchos caballos eran salvajes, nunca habían sido domados y por eso era más difícil ponerles herraduras. Charlotte se colocó en posición y levantó el casco de una pata de atrás. El caballo se encabritó.

Lo último que Charlotte recordaba era el casco contra su cara, y el dolor.

Se despertó en el consultorio médico y trató de incorporarse, pero estaba aturdida por el dolor de cabeza. Tenía el estómago revuelto y sentía náuseas.

Charlotte alargó la mano para tocarse el ojo izquierdo. Lo tenía medio cerrado por la hinchazón, lleno de rasguños y ensangrentado. Trató de abrir el párpado del todo, pero no pudo.

—¿Qué pasó? —preguntó Charlotte, mientras comprobaba con nerviosismo si estaba completamente vestida.

—Es mejor que no te muevas —dijo el médico—. Un potro salvaje te pateó en la cara. El Sr. Birch te trajo y esperó un rato. Le aseguré que te atendería, pero que tendrías que pasar aquí la noche. Me temo que puedes perder la vista de ese ojo. ¿Qué hace una muchacha tratando de ponerle herrajes a un caballo?

—¿Cómo? —dijo Charlotte.

—Vas vestida como un muchacho y esas manos tienen tantos callos como las de un vaquero, pero yo soy médico y reconozco a una mujer cuando la veo.

El médico se quedó mirando a Charlotte.

—Yo… yo necesito el trabajo —dijo Charlotte—, y no podría trabajar si la gente supiera… Si el Sr. Birch supiera…

—No necesitas explicarme nada. No eres la primera mujer que me encuentro que intenta pasar por un hombre. No se lo diré a nadie, ni siquiera al Sr. Birch. Ahora no te muevas. Te voy a poner este ungüento.

Charlotte se echó hacia atrás mientras el médico le untaba una medicina maloliente.

—Conozco a una señora que vive en las afueras de la ciudad. Su esposo lleva dos años en las minas de oro y nadie sabe que se ha marchado. Ella simula que es él y eso le ha ahorrado muchos problemas. También tuve hace unos años otra paciente a cuyo esposo lo mataron unos bandidos. Durante muchos años se vistió con la ropa de su esposo para protegerse a sí misma y a sus hijos. Se defendió de varios asaltos y todo el mundo pensaba que era un hombre. Cuando sus hijos crecieron, volvió a vestirse de mujer y le contó la historia a todo el mundo. No te preocupes por mí.

—¿Qué pasará con mi ojo? —preguntó Charlotte.

—Sabremos más cuando desaparezcan la hinchazón y los moretones. Quedarás bizca. Y como dije, quizás pierdas la visión en ese ojo.

—¿Cuándo podré volver a guiar una diligencia? —preguntó Charlotte.

—Por el momento no podrás guiar ninguna diligencia —dijo el doctor— y no conozco a nadie que contrate a un cochero tuerto.

Charlotte sintió un gran malestar de nuevo y no sabía si era por el dolor o por su mala suerte. No había guiado ni una sola diligencia en California y ahora ni siquiera podía ver por un ojo. ¿Cómo trabajaría? ¿Cómo conseguiría el dinero para comprarse las tierras? Hubiera querido que Ebeneezer estuviera allí, o Hayward. Pero los dos estaban a miles de millas de distancia.

Volvió a recostarse sobre la mesa del médico y la habitación empezó a darle vueltas. De nuevo sintió náuseas.

Al día siguiente, Charlotte esperó delante de la puerta del consultorio del médico a que James fuera a recogerla. No podía ver nada con su ojo izquierdo. Miraba el parche negro que sostenía en la mano, pero el médico le había dicho que no podía usarlo hasta que el ojo estuviera curado. La gente se alarmaba cuando la veía. Algunos se quedaban mirándola y luego apartaban la vista, pero los niños la contemplaban sin disimulo. Otros se detenían y le hacían preguntas, como si fuera asunto suyo. Charlotte se encogía y agachaba la cabeza.

Durante años había tratado de confundirse entre la gente sin que nadie se fijara en ella y ahora todos los que pasaban se quedaban mirándola. Era una situación embarazosa. Un niño pequeño empezó a llorar cuando la vio y Charlotte se sintió como si fuera un monstruo.

Finalmente, llegó James en una carreta.

—Charley, parece que te peleaste con un toro y perdiste —dijo—. Vamos, volvamos al establo.

Mientras volvían en la carreta, Charlotte solamente pensaba una cosa.

—James, ¿cuándo podré volver a guiar una diligencia?

—Frank y yo hemos hablado de eso. No puedes guiar con un solo ojo. No podemos arriesgarnos. El negocio y nuestro prestigio están en juego, pero puedes quedarte y trabajar de mozo de caballeriza todo el tiempo que quieras. Eso es todo lo que te podemos ofrecer.

Cuando Charlotte volvió al establo, cerró la puerta del pequeño almacén y se acostó en su lecho. Lágrimas silenciosas irritaron los cortes de su ojo herido y le empañaron el otro. "¿Cómo conseguiré lo que quiero si no puedo ver?", pensó. Con el llanto, su ojo herido se hinchó aún más.

Pero igual que aquel día en el orfanato cuando se marchó Hayward, empezó a llorar y no pudo parar hasta derramar todas las lágrimas que tenía.

Con el parche parecía un pirata y la gente que trabajaba en los establos empezó a llamarla "Charley el tuerto". Pero eso no le importaba, porque la gente prefería el parche al ojo deforme. Lo que sí le importaba era que no podía llevar la diligencia. Aunque trataba de sentirse agradecida por el trabajo, no lo hacía con interés. Añoraba salir con la diligencia por el espacio abierto. Había aprendido a amar la libertad de ser cochero tanto como amaba a sus animales. La sensación de estar al mando, de saber que la gente confiaba en ella, y de conocer a los caballos. Cuando llevaba la diligencia, los caballos parecían saber qué esperaba de ellos sin necesidad de decir ni una palabra. A veces parecía magia.

Un mes después, Charlotte se moría de ganas de sentarse en el pescante de una diligencia. Y como los mozos de caballeriza no ganaban tanto dinero como los cocheros, también echaba de menos el dinero.

Una noche de luna, Charlotte caminaba por la parte trasera de los establos cuando vio su reflejo en un barril de agua. Se contempló con atención.

Levantó el parche. Tenía el ojo torcido y desfigurado. Su rostro estaba muy curtido. Tenía el pelo liso y muy largo. Al igual que la mayoría de los mozos de establo, lo llevaba recogido en una coleta. Su cabello estaba enmarañado porque siempre lo metía debajo del sombrero. Se pasó las manos por la cara, casi sin reconocerse.

Recordó otra noche, hacía mucho tiempo, cuando había contemplado su reflejo en el agua. ¿Qué era lo que deseaba entonces? Quería salir de la cocina y montar a caballo. Quería volver a ver a Hayward algún día y poseer un rancho. Había sido tan testaruda como para creer que podía conseguirlo todo. Ahora sus sueños se estaban desvaneciendo y eso la aterraba. Había ido a California para trabajar de cochero de diligencia y eso era precisamente lo que iba a hacer.

Se quitó el pañuelo, mojó una esquina y se lavó la cara. ¿Qué le había dicho Vern? Que tenía que hacer lo que le dijera su corazón.

—La única manera de tener mi rancho es seguir montando a caballo y ser cochero —susurró—. Y eso es lo que voy a hacer.

La tarde siguiente, mientras Frank y James recorrían su trayecto diario al banco, Charlotte sacó

una recua de seis caballos. Tenía que comprobar si aún podía guiarlos.

En las rectas no le fue mal. Los caballos conocían el camino. Charlotte sujetaba las riendas y daba los tirones. Pero girar hacia la izquierda era un problema porque no veía mucho hacia ese lado. Sacó la diligencia del camino y acabó en un terraplén. Fue difícil sacar los caballos de ese montón de tierra blanda para volver al camino.

—Ahora ya sé lo que *no* debo hacer la próxima vez —les dijo a los caballos.

Al día siguiente, la diligencia se volcó, pero Charlotte pudo saltar antes. ¿Qué estaba haciendo mal? Sabía guiar una recua de caballos. No necesitaba practicar con los caballos o las riendas. Los conocía perfectamente. Lo que no conocía era su ojo. Debía entrenar el ojo sano, aprender a usarlo de nuevo.

Empezó cada día sacando una recua más pequeña. Primero con dos caballos. Luego con cuatro. Finalmente, con seis. Charlotte llevaba toda la vida superándose a sí misma y no pensaba detenerse. Ni siquiera le importaba que Frank y James se enteraran de lo que estaba haciendo. "No me importa que me vean intentarlo", pensaba.

Aprendió los diferentes sonidos de los cascos de los caballos en distintos tipos de caminos. Si el camino tenía una superficie dura, los cascos sonaban de forma grave, retumbaban. Si la superficie era blanda el sonido era sordo y opaco. Confiaba en que su ojo sano sustituiría al ojo que había perdido. Confiaba en sus sentidos. Especialmente en el sexto sentido que tenía con los caballos.

Charlotte guió la diligencia una y otra vez por la ruta y memorizó cada piedra y cada árbol. Se fijó un objetivo. Si conseguía terminar diez viajes de ida y vuelta sin problemas, sabría que era tan buena como cualquier otro cochero. Después, solamente tendría que convencer a Frank y a James.

Después del décimo viaje sin problemas, Charlotte fue a hablar con James:

—Quiero hacer la ruta de la diligencia que pasa por el río.

—Bueno, Charley, ya hemos hablado de esto. Yo y Frank pensamos…

—Acompáñame, y si crees que no puedo hacerlo, no te volveré a molestar —dijo Charlotte.

—¿Qué dirán los viajeros del parche del ojo? —preguntó James.

—Diles que es para asustar a los bandidos. No sabrán que es mentira.

—No sé…

Charlotte se defendió:

—Conoces mi reputación. La única razón por la que vine a California es porque quería guiar diligencias. Y vine porque ustedes me pidieron que viniera. Sabes que he estado practicando. Todo lo que te pido es que recuerdes cómo guiaba antes. Y no te lo pediría si no creyera que puedo volver a hacerlo como antes.

A regañadientes, James dijo:

—En cuanto vea que no puedes manejar la situación, yo tomaré las riendas.

—Yo te diré si necesito ayuda. No te entrometas, a no ser que yo te lo pida.

—De acuerdo —dijo James.

—¿Mañana?

—Mañana, si el tiempo se mantiene así.

—No voy a ser un cochero de buen tiempo —dijo Charlotte—. Quiero guiar como siempre, como los demás cocheros.

—Bueno, supongo que te lo mereces. Mañana salimos, llueva o haga sol.

Era una de esas tormentas en que la lluvia caía to-
rrencialmente, pero la diligencia tenía prevista su
partida. El coche estaba repleto de pasajeros,
equipaje y sacos de correo que tenían que llegar a
su destino. Después de colocar el equipaje,
Charlotte ya estaba completamente empapada.
James iba a su lado.

El viento arreciaba y la lluvia llegaba desde
todas las direcciones. James parecía nervioso.

—¡Charley, no puedo ni ver el camino! —gritó.

—¡Bueno, entonces es bueno que sea yo quien
guíe, porque puedo olerlo y escucharlo! —gritó
Charlotte.

James se recostó en el asiento mientras la diligencia se adentraba en la tormenta. El lodo llegaba hasta la mitad de las ruedas, pero Charlotte fue
capaz de encontrar el camino.

Cuando llegaron al río, vieron que estaba crecido y llegaba casi hasta los postes de contención.
Charlotte detuvo la diligencia en la orilla norte.

—Quédense adentro —les dijo a los pasajeros—. Voy a revisar el puente.

Charlotte se quitó los guantes y caminó con
cuidado sobre las tablas bamboleantes para ver si

el puente podría resistir. Dio varias patadas y escuchó los quejidos de la madera. Revisó las tablas hinchadas y tiró de las cuerdas de seguridad hasta que se sintió satisfecha.

Volvió a la diligencia y les dijo a los viajeros que salieran.

—No hay ningún motivo para que arriesguen sus vidas —dijo Charlotte—. James, voy a acompañarlos a ti y a estas buenas personas hasta el otro lado el puente. Allí me pueden esperar.

Pero un caballero corpulento se negó a bajar.

—Prefiero arriesgarme dentro del coche —dijo.

—No en mi diligencia —dijo Charlotte.

—Estoy acostumbrado a la aventura —replicó.

—El puente no soportará más peso y no estoy dispuesto a perder en este río a mi primer pasajero. Así que salga o yo le ayudaré a salir.

Todavía refunfuñando, el hombre se bajó de mala gana.

Bajo la lluvia cegadora, Charlotte escoltó a los pasajeros en grupos pequeños hasta el otro lado del puente. Cuando estuvieron a salvo en la otra orilla, volvió a buscar la diligencia.

Se subió de nuevo al pescante. Un trueno retumbó cerca. Supo lo que iba a pasar y sujetó con fuerza las riendas mientras esperaba el relámpago. Cayó a una milla de distancia, pero ella mantuvo bien sujetos a los caballos. Confiando en sus instintos, avanzó por el puente con extremada lentitud. Las tablas crujían mientras las ruedas de hierro traqueteaban sobre ellas. Los viajeros se apiñaban y miraban ansiosamente desde la otra orilla. Por debajo, a pocos pies, el río corría vertiginosamente.

El puente se meció y los caballos se encabritaron y relincharon. Con un chasquido, la diligencia quedó en mitad del puente.

Charlotte mantenía la mirada en la otra orilla.

Oía los crujidos y gemidos de la madera desgastada que significaban que el puente se estaba desmoronando.

Tres ramas se balancearon en el viento y los sonidos de la tormenta le trajeron a la mente un recuerdo enterrado en su memoria. Una confusión frenética de imágenes y palabras. Alguien la abrazaba y se oían voces que decían "¡Para!, ¡Agárrate!". Las voces de sus padres. Y un rostro. Sí, el rostro de su madre cerca del suyo. "¡Manténlos derechos! ¡Manténlos derechos!". Eso era lo que tenía que hacer.

Se paró en el pescante. "Manténlos derechos sobre el puente, Charlotte." Se limpió el agua del ojo sano y mientras juntaba las riendas con pulso firme, restalló la fusta y gritó:

—¡Vamos!

El empujón la lanzó hacia atrás. Los caballos se encabritaron, pero ella agarró con fuerza las riendas. Luego salieron disparados a toda velocidad como conejos asustados. Cuando las ruedas traseras apenas rozaron la tierra firme, el puente se derrumbó y cayó a las aguas revueltas.

—¡Bien, lindos, bien! —gritó Charlotte.

Los viajeros corrieron hacia la diligencia gritando alborotados, mientras Charlotte tranquilizaba a los caballos.

—¡Nos podíamos haber caído todos al río! —gemía una mujer.

—¡El corazón me va a estallar! —exclamó un hombre al reunirse con los demás.

—¡Nos hubiéramos ahogado!

—¡Ese muchacho salvó mi vida!—dijo el caballero que al principio se había negado a abandonar la diligencia.

Y por la forma en que hablaban y la manera en que James asentía con la cabeza, Charlotte supo que nunca más dudarían de que ella podía guiar una diligencia.

LOS VIAJEROS CONTINUARON HABLANDO de lo que había ocurrido mucho después de que la diligencia llegara a su destino. La noticia del cochero tuerto que había salvado las vidas de esas personas se extendió como la pólvora. Durante años, cada vez que Charlotte llegaba a la ciudad causaba una gran conmoción. La gente empezó a lanzar monedas de oro de tres dólares para ver si ella las pasaba por encima con las ruedas de la diligencia. Creían que traía buena suerte que un cochero tuerto pisara su moneda.

Los hombres se ponían a un lado del camino esperando que pasara la diligencia. Los niños corrían detrás del carruaje, recogían las monedas y se las entregaban a Charlotte como si fueran ofrendas a un héroe. La gente se reunía para ver qué contaba Charley el tuerto, pero normalmente no contaba mucho.

—Mira, Charley, le diste a esta moneda —dijo riéndose una niña.

—Mis bolsillos ya están repletos —dijo Charlotte.

—Papá dice que a ti no te da miedo nada —dijo otra niña.

—Eso no es verdad. Tengo tanto miedo como tú —dijo Charlotte—, pero cumplo con mi obligación.

—¿Qué vas a hacer con todo ese dinero? —preguntó un niño.

—Voy a comprarme algo que deseo desde que era chiquito —dijo Charlotte.

—¿Un nuevo caballo? —dijo el niño.

—No —dijo Charlotte.

—¿Un nuevo fusil?

—No. Ya tengo uno y nunca lo uso, excepto para asustar a los atracadores —dijo Charlotte—. Es algo mucho mejor que esas dos cosas.

Charlotte recorría una nueva ruta entre San Juan Bautista y Santa Cruz. Se había mudado de Sacramento y dormía de nuevo en el altillo de un cobertizo, esta vez en una estación de diligencias, donde los cocheros cambiaban de caballos. Frank y James le habían jurado que era una ruta muy linda y tenían razón. Era la clase de paisaje que a Charlotte le encantaba. Al Este se veían las montañas y al Oeste colinas ondulantes que a veces llegaban hasta el mar. Era más verde que Sacramento y a Charlotte incluso le gustaba la niebla que hacía que las mañanas se prolongaran más. Pero la estación de diligencias era otra cuestión.

Los cocheros de diligencia cambiaban de caballos cada doce millas y la mayoría de las estaciones eran desastrosas. Esta también. Era un establo desvencijado y sucio donde cabrían unos quince caballos. Si los viajeros tenían que pasar la noche, dormían en una choza sobre el piso de tierra. La comida consistía principalmente en tocino rancio, alubias, pastelillos fritos de maíz y café arenoso.

Ahora que ya tenía el dinero, Charlotte estaba impaciente por marcharse. Deseaba con todo su corazón comprarse una casa.

Una tarde, mientras se dirigía a caballo a Watsonville para enviarle una carta a Hayward, vio un cartel en un prado que decía "SE VENDE". Obligó al caballo a dar la vuelta por el camino y al final, encontró una cabaña con varios corrales. Una mujer corpulenta salió de un gallinero rústico con una cesta de huevos en el brazo. Tenía el pelo gris y caminaba erguida.

—¿Viene para ver las tierras?

—Sí, señora —dijo Charlotte.

—Los dueños ya no viven aquí. Me llamo Margaret. Soy la dueña de la pequeña casa que hay al final del camino principal. Doy de comer a las gallinas y recojo los huevos.

—¿Qué sabe de la propiedad? —preguntó Charlotte.

—Bueno, lo que sé es que tiene veinticinco acres. Hay manzanos bastante abandonados y cuarenta gallinas ponedoras. El prado del frente se extiende hasta el camino principal que lleva al pueblo.

Charlotte miró hacia el camino principal. Con esos acres podría hacer una buena estación de diligencias. Sabía que si conseguía llevar a Ebeneezer hasta allí, él administraría el negocio mejor que cualquier otro.

Charlotte dirigió su atención de nuevo hacia la mujer.

—¿Hay otros vecinos?

—Yo soy la más cercana —dijo Margaret—, pero no por mucho tiempo. Me quedé viuda el año pasado y mi esposo aún debía dinero de la hipoteca. He tratado de seguir con los pagos. Vendo huevos en la ciudad, pero el banco me amenaza con quedarse con todo.

—¿Dónde se mudaría? —preguntó Charlotte.

—Bueno, ese es el problema. He vivido aquí casi toda mi vida, pero no tengo familia. No quiero irme, pero no puedo pagar y el banco… bueno, exige su dinero. Por un instante, su rostro se oscureció y sus afectuosos ojos color café reflejaron su tristeza.

—Si busca otro pedazo de tierra supongo que el banco le vendería la mía en un segundo —dijo Margaret—. Bueno, me marcho. Buena suerte, muchacho —y dándose la vuelta echó a andar por el camino.

Charlotte inspeccionó las tierras. Desde el momento en que se había aventurado por el camino supo que esa era la tierra que siempre había buscado. Tenía ahorrado bastante dinero, así que podía comprarla. Mientras se dirigía al banco para informarse, en lugar de pensar en los veinticinco acres y la casa que finalmente tendría, no podía quitarse de la cabeza a Margaret y el hogar que estaba a punto de perder.

Varios días después, Charlotte ofreció seiscientos dólares en monedas de oro por las tierras. El director del banco le pasó una pluma a Charlotte y ella firmó los papeles.

—Acaba de comprarse un buen pedazo de lo que se conoce como Rancho Corralitos —dijo el director.

—Gracias —dijo Charlotte—. Hábleme de la tierra que queda al oeste, la pequeña parcela donde vive la viuda.

—La señora no puede pagar, así que tendremos que quedarnos con la propiedad. No tiene ni un centavo. Detesto hacerlo, pero las mujeres no suelen pagar y, después de todo, los negocios son los negocios.

Charlotte asintió.

El director del banco le dio a Charlotte un buen apretón de manos.

—Enhorabuena. Ha sido un placer, Sr. Parkhurst.

Todo pasó tan rápido que después, cuando se encontraba sonriendo en los escalones del banco, Charlotte se preguntó si no habría sido todo un sueño.

No pudo resistir la tentación de volver otra vez a ver el lugar. La tarde caía mientras Charlotte cabalgaba por el camino, su camino. El cielo se cubrió de nubes y la neblina del atardecer inundó el ambiente. Cuando llegó a la cima de la pequeña colina se detuvo y contempló sus tierras.

El viento del oeste soplaba con una leve brisa desde el Pacífico. El pasto se ondulaba como una sola ola. Los manzanos se teñían de manchas rosadas a medida que maduraba la fruta. Charlotte sintió que se le hinchaba el pecho mientras contemplaba el paisaje. "Lo he conseguido", pensó. Se vio a sí misma recogiendo manzanas y criando caballos y se imaginó a Hayward a su lado, preparando los caballos para montar, como lo habían imaginado juntos años atrás, cuando estaban en el orfanato. Pero aunque se sentía orgullosa de haber conseguido lo que se había propuesto, sentía que faltaba algo. Después de todo, también había sido el sueño de Hay.

Esa misma noche escribió a Ebeneezer y le dijo

que si tenía una pizca de seso, debía venir. Quería que él abriera la estación de diligencias. Además, lo echaba de menos. Luego escribió a Hayward y le contó las novedades. Habían pasado muchos meses desde la última vez que supo de él. ¿Le habría pasado algo? ¿Se habría establecido en algún lugar y no quería decírselo?

Siendo el correo como era, una carta podía tardar un mes en llegar hasta el Este y otro mes en ser contestada. De todas formas, Charlotte iba cada cierto tiempo a la oficina de correos. Cuando tuvo noticias de Ebeneezer, Charlotte sonrió de oreja a oreja y soltó un sonoro "¡hurra!" Iría a visitarla durante la primavera y si le gustaba el lugar, se quedaría. Charlotte estaba impaciente por verlo. Quizás cuando llegara ya tendría caballos.

Charlotte se mudó a su casa. Y como los negocios son los negocios, había vuelto a ver a ese director del banco para comprarle la pequeña parcela de tierra de Margaret que quedaba al oeste de la suya. Luego ella y Margaret llegaron a un acuerdo. Margaret se ocupaba de las gallinas y los huevos y cocinaba, y ese era todo el alquiler que Charlotte necesitaba.

Pasaron cuatro meses. Las gallinas estaban muy

bien cuidadas y había huevos frescos de sobra para vender. Margaret hacía mermelada y compota de manzana. Charlotte esperaba que a Ebeneezer le gustaran las manzanas, porque comería muchas.

Una noche, Charlotte volvía a casa cansada y manchada de polvo. Conocía cada sombra de su propiedad y, aunque la luz ya se desvanecía, supo enseguida que pasaba algo. Bajo la tenue luz se quedó mirando con intensidad con su único ojo para ver de qué se trataba. En la dehesa del frente había algo raro. Algo de madera. ¿Una caja? ¿Quién habría dejado una caja de madera en la dehesa?

La primera vez que se mudó había encontrado un saco de arpillera en el camino. Era una camada de gatitos abandonados. Charlotte los acogió y los cuidó y ahora corrían por el manzanar. ¿Habría intentado alguien dejar otro pobre animal en su propiedad, esta vez metido en una caja de madera?

A medida que se fue acercando, se dio cuenta de que no era una caja de madera, sino un letrero. Alguien había clavado un letrero de madera en el pasto y había pintado unas palabras en él. Perpleja, dirigió el caballo por el pasto alto para mirarlo con atención.

Cuando lo vio, su corazón le dio un vuelco. Hizo volver al caballo y corrió al galope hacia la cabaña.

El cartel tenía pintadas las palabras "PROPIEDAD PRIVADA".

Sentado en el porche, jugando con los gatitos, se encontraba un hombre larguirucho, de hombros anchos, pelo color zanahoria y las orejas más grandes que Charlotte había visto jamás.

—¡Hayward!

Charlotte ató el caballo y corrió al porche. Lo abrazó con fuerza durante un buen rato.

—Hay, eres más alto que yo y el doble de fuerte. ¡No creo que lo pueda soportar! —dijo Charlotte.

—Ya era hora de que yo fuera mejor que tú en algo —respondió Hayward riendo.

Se quedaron mirándose. Hay nunca había visto a Charlotte con el parche y ella se sintió súbitamente avergonzada.

—Yo no... no veo nada por este ojo —dijo.

—No has cambiado mucho —dijo Hay—, pero William se moriría de miedo si te viera.

Los dos se echaron a reír. Los recuerdos del

orfanato inundaron la memoria de Charlotte. Hay extendió el brazo para agarrar un gatito y Charlotte vio el delgado pedazo de cuero que llevaba atado a la muñeca.

—¿Todavía llevas la pulsera de cuero? —preguntó mientras extendía su brazo junto al de Hay para comparar. Las dos tiras de cuero estaban curtidas por los años.

—¿Recuerdas ese día, Charlotte?

—Tan bien como tú —respondió. Se abrazaron de nuevo. Habían pasado muchos años separados. Estaban más grandes, pero todo en él le resultaba conocido.

—Te… te he echado de menos, Charlotte.

—Yo también, Hay.

Charlotte tenía tantos deseos de verlo que todo lo que podía hacer era contemplarlo. Alargó la mano para revolverle el cabello, pero no llegó a hacerlo y un silencio embarazoso surgió entre ellos.

Finalmente, él dijo:

—Bueno, ya estoy en California.

Y cuando recordó su papel de anfitriona, Charlotte le dijo:

—Siéntate y cuéntame qué hiciste durante todo este tiempo.

—Bueno, cuando mis padres se mudaron a Missouri trabajé para Pony Express, pero eso no duró mucho. Un año y medio. El ferrocarril y el telégrafo transcontinental ocuparon su lugar con bastante rapidez. Después necesitaba trabajar así que llevé arreos de ganado durante un tiempo y también trabajé como mozo de caballeriza —sonrió—. He estado ahorrando para venir a California.

Charlotte sonrió. Era el mismo Hay de siempre, hablando sin parar, deseoso de contarle todo. Se relajó. Nada había cambiado.

—Ahora mis padres quieren mudarse al Oeste, así que cuando tuve la oportunidad de viajar con una caravana, decidí venir para conocer los caminos y verte. Allí pasé todos estos meses, en la caravana. He guardado todas y cada una de tus cartas. Me cuesta creer que seas tú, Charlotte.

—Ya sé que es difícil creerlo, pero soy la misma Charlotte de siempre, abriéndome paso con uñas y dientes.

—¿Todavía llevas diligencias? —preguntó.

—A veces. Quiero convertir esta propiedad en

una estación de diligencias, en un lugar para cambiar caballos. Me ocuparé de los caballos y compraré algunos para mí con el dinero que ingrese. Ebeneezer viene de visita y voy a intentar por todos los medios que se quede. Con todo lo que he viajado, nunca pensé que querría quedarme en un lugar pero, por algún motivo, me siento tan orgullosa como mi yegua nueva.

—¿Tienes una yegua nueva? ¿Tendrá un potrillo en la primavera? —preguntó.

—Sí —respondió.

Hayward asintió con la cabeza y sonrió.

—Supongo que estamos lo más lejos posible del orfanato.

—¿Tienes alguna noticia del orfanato?

—Bueno, veía a alguno de los muchachos de vez en cuando. Lo último que supe es que Millshark todavía estaba allí, pero la Sra. Boyle se marchó. Al año siguiente de irme, a William lo adoptó un matrimonio anciano que necesitaba a alguien para trabajar en su granja. Supongo que el hombre amaba a sus animales y cuando William golpeó a su preciada yegua, lo enviaron de vuelta al orfanato. Por primera vez un muchacho fue "desadoptado". Quién lo hubiera imaginado. ¿Te enteraste de lo de Vern, que murió?

—No —dijo Charlotte en voz baja—. No lo sabía pero lo imaginaba. Ya tenía bastantes años cuando estábamos allí. Nunca olvidaré todo lo que hizo por mí.

A Charlotte se le llenaron los ojos de lágrimas y ni siquiera trató de ocultarlo. Sacó su pañuelo y se secó los ojos.

Hayward contempló la cabaña.

—Lo has hecho muy bien, Charlotte. Lo has hecho muy, pero muy bien.

10

HAYWARD SE QUEDÓ BASTANTE TIEMPO
y Charlotte no soportaba la idea de que se
marchara.

La mañana de su partida, le dijo:

—Hay, puedes quedarte y ocuparte de los caballos todo el tiempo que quieras.

—Charlotte, empiezo a pensar que te gusta te-
nerme cerca —bromeó—. Nunca pensé que me
pudiera suceder eso. Pero primero tengo que terminar un trabajo en Missouri. Luego tengo que
ayudar a mis padres a mudarse aquí.

Vaciló un momento y luego dijo:

—Charlotte, ven conmigo.

Charlotte miró por la ventana como si no lo hubiera oído.

—Charlotte, tardaré más de un año en volver. Tú podrías buscar a alguien para que cuidara la casa y luego Ebeneezer se podría ocupar de todo hasta que volviéramos. ¿Quieres venir?

Ella se dio la vuelta y lo miró:

—No puedo, Hay. No me quiero marchar. Toda mi vida he luchado por esto. Aquí está mi sitio. Quiero crear mi caballeriza y tengo que recoger las manzanas y hacer muchas cosas. Además, hay algo que llevo pensando hace tiempo y que me importa mucho.

Ella sabía que a Hay le podía contar cualquier cosa, pero no estaba muy segura de cómo iba a reaccionar.

—Me he registrado para votar en el condado de Santa Cruz. Las elecciones son dentro de varias semanas y no quiero perdérmelas.

Hayward se quedó mirándola y sacudió la cabeza.

—Charlotte, eso es ilegal.

—Hay, sé por quién debo votar mejor que la mayoría de los hombres. Las mujeres son ciudadanas de este país igual que tú. Trabajan duro y toman decisiones tan firmes como los hombres.

—Mucha gente no opina lo mismo.

—Muchos hombres no opinan lo mismo —dijo Charlotte.

Hayward le sonrió.

—Yo no soy uno de ellos —dijo—, pero no entiendo qué vas a probar si nadie sabe que eres mujer.

—Supongo que probaré que estoy aquí, un miembro de este condado al que la mayoría de la gente respeta. ¡Muchos me preguntan por quién voy a votar! Y la única razón por la que puedo entrar ahí y votar es porque ellos creen que soy hombre. Tarde o temprano todos sabrán que soy una mujer y habré demostrado algo.

—¿Así que algún día le dirás a la gente que eres mujer? —preguntó.

—Quizás, pero lo diga o no, seguiré llevando esta ropa, ocupándome de mis caballos y dirigiendo este rancho igual que siempre.

Hayward reflexionó sobre lo que Charlotte había dicho y movió la cabeza.

—Tú sabrás lo que quieres, Charlotte, y a mí me parece bien. Ya sabes lo que siento por ti.

—Lo sé.

Él le dio un fuerte abrazo que parecía no tener fin. Luego se subió al caballo y cabalgó por el camino hasta pasar el corral.

Charlotte se quedó en el porche y contempló cómo se marchaba. A mitad del camino, Hayward se volvió y agitó el sombrero.

Charlotte se despidió con la mano.

Hay se puso de nuevo el sombrero y, con las manos ahuecadas sobre la boca, gritó:

—¡Volveré!

—Lo sé —susurró Charlotte.

Lloviznaba cuando Charlotte se dirigía a la ciudad aquella tarde de noviembre, pero un poco de lluvia no iba a detenerla. Deseaba que tampoco impidiera que la gente cumpliera con su obligación. Por suerte, cuando llegó a la ciudad había salido el sol. Ató el potro y bajó caminando por la calle, mientras saludaba a la gente con una inclinación de cabeza. Un cartel grande en la ventana del hotel decía "URNAS". Varias mujeres realizaban sus tareas aparentemente sin importarles la larga fila de hombres formada ante el hotel. Otras se juntaban en grupos de dos y tres, esperando a los hombres de su familia. Se comportaban como si no pasara nada especial. Charlotte se preguntó si realmente no les importaba o si representaban un papel, como ella representaba el suyo.

Un hombre se le acercó y le dio una palmada en la espalda.

—Me alegro de verte, Charley —dijo.

Otro hombre dijo:

—Vaya día emocionante, ¿no crees, Charley?

Charlotte no hablaba mucho. Estrechó la mano de todos y se puso en la fila con los hombres, y escuchó las bromas que decían a su alrededor.

—He oído que en Wyoming les van a dar a las mujeres el derecho a votar. ¡Y yo que pensaba que lo había visto todo!

—¿Qué pasa en este país?

—¿Tú qué crees, Charley?

Charlotte dijo:

—No creo que haga ningún mal. Supongo que tienen sus opiniones igual que nosotros.

—¡Que no haría ningún mal! Que las mujeres peleen por esto es simplemente una locura, crean problemas por todas partes. Serán la ruina de este país. Yo le he dicho a mi esposa que mientras esté.

casada conmigo no votará, no importa lo que diga la ley. ¿Qué sabe ella de política?

Varios hombres estuvieron de acuerdo.

La fila se movía con lentitud hacia los peldaños del hotel.

Un niño pequeño llegó corriendo, buscó a su padre en la fila y le agarró de la mano.

—¡Papá, papá! El niño de los Tayor le dijo a Sarah que no podíamos jugar a la pelota porque soy muy pequeño y ella es una niña. Y Sarah se ha puesto a pelear con él en la calle y él es el doble de grande. ¡Corre, papá!

El padre movió la cabeza:

—Ya le he dicho más de una vez que no debe pelear. ¿Cuándo va a aprender esta niña?

Los hombres se rieron y el padre se fue con el niño.

La fila se movió un poco hacia el mostrador.

Charlotte llegó al frente y firmó en el libro.

El hombre del registro le pasó la boleta. Leyó los nombres. Horatio Seymour o Ulysses S. Grant, el demócrata conservador o el famoso republicano. Había escuchado lo que se decía y las discusiones de la gente. Había oído cosas buenas y

malas de los dos candidatos, pero ella tenía su propia opinión y lo que pensaba estaba bien.

—¿Ya sabes por quién vas a votar, Charley?
—le preguntó el hombre que estaba a su lado.

—Sí —dijo Charlotte.

—El viejo Jake no ha podido venir porque está
enfermo. Le dio mucha pena no poder venir, pero
le dije que un solo voto no serviría de mucho.

Charlotte asintió. ¿Serviría de algo su voto?
¿Por qué lo estaba haciendo? Cuando la gente se
enterara de que ella era mujer, ¿pensarían que era
una loca o creerían que había tenido una buena
razón para hacerlo?

Sí, se dijo a sí misma, tenía una buena razón.

Era algo que debía hacer por esa mujer que pasaba volantes en los escalones de la taberna mientras los hombres se reían de ella. Algo por esas
mujeres que estaban allá afuera que simulaban que
no les importaba no poder votar. Por Vern, al que
no le habían permitido opinar aunque tenía derecho de hacerlo. Y por esa niña que estaba en la
calle y que ya se defendía.

Sonrió. Y por mí, pensó. Porque estoy tan bien
preparada como cualquier hombre.

Marcó su boleta para elegir al presidente de Estados Unidos.

Entregó su boleta, luego se volvió hacia el grupo de hombres que todavía esperaban en la fila y tocó ligeramente su sombrero en señal de saludo.

—Caballeros —dijo—, que gane el mejor.

Después salió del hotel, se subió al caballo y volvió a casa.

El final

EBENEEZER LLEGÓ EN PRIMAVERA, justo antes del nacimiento del potrillo. Inspeccionó la propiedad y refunfuñó por todo el trabajo que había que hacer. La cerca de la dehesa debía ser reparada y hacía falta un nuevo gallinero. Margaret necesitaba que alguien la ayudara a vender los huevos en la ciudad. Charlotte se sentía halagada porque todas esas quejas significaban que había venido a quedarse.

¿Y el potrillo? Llegó en mitad de la noche, en medio de una tormenta, y a Charlotte le hizo sudar sangre porque venía de nalgas. Atendió a la yegua lo mejor que pudo, pero cuando pensó que iba a perder a los dos, despertó a Ebeneezer.

Los dos se sentaron toda la noche tratando de calmar a la madre, que estaba tan asustada por los truenos como por el parto. Mientras Ebeneezer trataba de sacar al potrillo, Charlotte andaba de arriba a abajo como si fuera el padre. No dejaba de pensar en la noche que había pasado junto a Libertad y recordaba a Vern. Si estuviera allí le diría que se calmara, que Ebeneezer sabía lo que hacía. Vern tenía razón en tantas cosas...

Pero Charlotte no tenía por qué preocuparse.

Antes de que cantara el gallo, nació un bulto húmedo con las patas dobladas. Una potranca.

La potranca apenas se sostenía sobre sus patas temblorosas cuando Ebeneezer dijo:

—¡Viene otro! ¡Gemelos!

Y después de unos minutos frenéticos, un potro se tambaleaba junto a su hermana.

—¿Cómo los vas a llamar? —preguntó Ebeneezer——. Deberías llamarlos Preocupación y Problema, por la noche que nos han dado —y se echaron a reír.

Pero Charlotte se puso seria y dijo:

—Poner un nombre es muy importante y cada nombre debe tener un significado. Un caballo debe tener un buen nombre que esté a la altura de un animal tan excepcional.

Contempló a los potrillos sin decir nada. La yegua lamía al potro y la potranca empezó a mamar. Después de observarlos un rato, Charlotte cruzó los brazos y asintió sonriendo. Ya sabía cómo llamarlos.

—Bueno, ¿no me lo vas a decir? —dijo Ebeneezer.

Charlotte se sintió orgullosa de explicar su razonamiento y, cuando terminó, Ebeneezer estuvo de acuerdo con ella. Eran buenos nombres. Nombres que estaban a la altura de animales excepcionales.

Al potro lo llamó Trueno de Vern.

Y a la potranca la llamó Libertad.

Nota de la autora

ESTA NOVELA ESTÁ BASADA EN LA VIDA
real de Charlotte Darkey Parkhurst, conocida
también como Charley el Bizco, Charley el Tuerto
y Charley Seis Caballos. Según las investigacio-
nes realizadas, este es el resumen de su vida:

Nació en algún lugar de New Hampshire en
1812 y vivió en un orfanato. Después se marchó a
Worcester, Massachusetts, donde trabajó como
mozo de caballeriza en los establos de Ebeneezer
Balch, hasta que Balch trasladó su negocio a
Providence, Rhode Island. Allí continuó trabajando para él en los Establos What Cheer que en
aquel tiempo estaban ubicados en la parte trasera
de la posada Franklin House. Considerado un ex-
perto cochero de diligencias, trabajó durante varios años para Ebeneezer Balch. Durante un breve
periodo de su vida se marchó a Atlanta y luego
volvió a Providence y trabajó en varios establos.

Alrededor de 1849, James E. Birch y Frank
Stevens se marcharon a California, y varios años después convirtieron varias pequeñas rutas de diligencia en la Compañía de Diligencias de California.

Contrataron a Charley para que trabajara para ellos. Poco después de llegar a California, Charlotte perdió la visión de un ojo debido a la coz de un caballo.

En la década de 1860, y todavía considerada como un hombre, Charlotte era un famoso cochero o "jehu" (término bíblico con que se denomina a los cocheros). Charlotte se retiró a un rancho cerca de Watsonville, California.

Su nombre (Charles Darkey Parkhurst) aparece en la lista de votantes publicada en el *Santa Cruz Sentinel* el 17 de octubre de 1868. Esta lista contenía "los nombres de todas las personas residentes en varios distritos del condado de Santa Cruz, estado de California, registradas hasta el 4 de octubre de 1868 y con derecho a votar en las elecciones presidenciales".

Algunos historiadores piensan que Charlotte votó por primera vez el 3 de noviembre de 1868, en el hotel Tom Mann en el centro de Soquel, California, donde hoy se encuentra la estación de bomberos de Soquel.

Sólo después de su muerte se descubrió que Charley era mujer. Los títulos de propiedad y diversos registros confirman que Charlotte, disfrazada de Charles Parkhurst, era dueña de una propiedad en Watsonville. La cabaña de Charlotte estaba cerca de la Casa de las Siete Millas, hotel y antigua parada para diligencias. Esta estación de tránsito para las diligencias que recorrían el trayecto entre Santa Cruz y Watsonville estaba situada en el camino que más tarde se llamó Boulevard de la Libertad. Charlotte se registró para votar en el condado de Santa Cruz cincuenta y dos años antes de que se les permitiera a las mujeres votar en elecciones federales en Estados Unidos.

En 1955, La Asociación Histórica de Pajaro Valley colocó en su tumba una lápida que dice:

CHARLEY DARKEY PARKHURST
1812-1879
FAMOSO COCHERO DE LA ÉPOCA DE LA FIEBRE DEL ORO.
GUIÓ DILIGENCIAS POR EL MONTE MADONNA EN LOS PRIMEROS TIEMPOS DE PAJARO VALLEY. ÚLTIMO TRAYECTO: DE SAN JUAN A SANTA CRUZ. A SU MUERTE, ACAECIDA EN UNA CABAÑA CERCA DE LA CASA DE LAS 7 MILLAS, SE DESCUBRIÓ QUE CHARLEY EL TUERTO ERA UNA MUJER, LA PRIMERA QUE VOTÓ EN EE.UU., EL 3 DE NOVIEMBRE DE 1868.

He tratado de ceñirme a los hechos de la vida real del personaje, pero por razones literarias me he tomado algunas libertades poéticas. Por ejemplo, en realidad Charlotte Parkhurst nació en 1812 y debió tener 55 años cuando votó, pero trasladé la época en que transcurre la historia a mediados del siglo XIX y he abarcado menos años de su vida, en consideración a los lectores más jóvenes.

Nunca sabremos los motivos que tuvo Charlotte para vivir su vida como lo hizo. Seguramente se vio obligada para sobrevivir en una época en la que no había muchas oportunidades para las mujeres. Imagino que tuvo la oportunidad de ser cochero de diligencia, que lo hacía bien y que esto le proporcionó la libertad que nunca habría tenido como mujer. Además, es difícil abandonar la libertad una vez que se ha disfrutado de ella.

Repitiendo las palabras de su nota necrológica: "¿Quién puede seguir diciendo que una mujer no puede trabajar y votar como un hombre?".